あたしはビー玉

山崎ナオコーラ

幻冬舎文庫

あたしはビー玉

もくじ

ビー玉が喋った

気がつくとあたしは、本棚に置いてあるマグカップの中で転がっていた。反動をつけると、マグカップの縁まで転がり登れる。

縁の上に立てば、自分の乗っているこのマグカップを挟んでいる、両隣りの本の著者名がわかる。

右は保坂和志、左はウィリアム・サローヤン。

これらの本の持ち主である南田清順《みなみだせいじゅん》十六歳は、机の前で背中を丸めてカチカチカチカチやっている。ケータイをいじくり回している。いつものごとく、中学時代の友だちとメールをしているようだ。

ばか。高校で友だち作んないと駄目じゃねえか。

ばかだな。本ばっかし読んで、前からの友だちとだけ仲よくして。そんな風に頭が固いままじゃ、この先の人生が思いやられるよ。

そんなことを、心の中で思っているとふいに、いつもは声にすることができないこれらのあたしの心配事を、今日は言えそうな気がした。

ノドの筋肉に、クッと力を入れてみる。

「ばか」

言えた。

すると、清順が振り返った。白いTシャツにカーキ色の短パン、椅子の上であぐらをかき、右手にケータイをつかんで、体は机に向けたまま、首だけを右に回して、本棚を見つめてくる。二重《ふたえ》まぶたの大きな目を、クワッと広げた。

それから清順は、足を床に下ろすと、椅子のキャスターを動かして、後ずさりし出した。本棚の向かいにある、窓の側《そば》まで行ってしまう。背もたれがブラインドに当たって、カシャリと音がした。

「おばけ?」

清順はつぶやく。あたしの胸はつぶれそうになる。

「違うよ」

アピールしたくてあたしは、マグカップの上で一回、ぴょんと跳ねてみた。

「虫? ゴミ?」

「ううん」

「本？　言葉？」

「違う」

清順は椅子から立ち上がり、おそるおそるという感じで側に寄ってくる。マグカップを覗《のぞ》いてくれる。あたしの透明な目に清順が映り、清順の黒い目にあたしが映った。

「うーわー。ビー玉が喋《しゃべ》った」

あたしは、清順が幼稚園の頃から宝物にしている、ビー玉だ。何年も何年も清順を見てきて、今、ようやく、コミュニケーションを成立させようとしている。ドキドキすると、あたしの丸い体が揺れて、とてもマグカップの縁でバランスなんて取れやしない。

あたしはコロンと落下した。すると、清順が素早く両手を出して、キャッチしてくれた。さすが、清順。小学校の頃、野球上手《うま》かったもんな。そこに、

「おい、清順、何を叫んでんだよ」

と廊下から声がかかる。その途端、

「お姉ちゃーん」

あたしをギュッと手で包み込んで子どもっぽい声を出し、清順は部屋のドアを開けた。ドアの前には、隣りの部屋にいたはずの、清順のお姉さんが立っている。清順は、いつもクールぶっているくせに、この姉だけには甘えているきらいがある。こうした態度をあ

たしは好かない。

「何、ひとりごと言ってんの？　こええな」

真ん中分けの長い髪を肩に垂らしていて、巨乳がパジャマに詰まっている、南田亜美《あみ》二十四歳は、大手メーカーでSEをしているらしいのだが、あたしに言わせれば、うるさくてセクシーなだけの、仕事ができなそうな女だ。

「お姉ちゃん。今、ビ、ビ、ビー玉が喋ってさあ……」

「は？」

「こ、こ、この人」

と言いながら清順は、あたしの体を、右手の人差し指と親指でつまんで、亜美に見せた。

清順とあたしの記念すべきファースト会話がはじまったばかりだというのに、すぐに亜美を巻き込もうとする清順が気に食わなくて、あたしはむっつり黙って、指の間でじっとした。亜美は、

「なんなの？　私、今日は遊びにつき合ってらんないんだけど。明日も仕事だし。清順もおとなしくさっさと寝なよ。もう十二時だよ。おやすみ」

あたしを一瞥《いちべつ》したあと、ばかにするみたいに顔をしかめて、それから隣りの部屋へ戻っていった。

「おやすみ」

大分遅れたタイミングで、亜美には聞こえないような挨拶《あいさつ》を返し、清順は、再びドアを閉めた。

二人きりに戻ってから、

「清順の手、あったかいな！」

そう言ってあたしは、生命線の上を行きつ戻りつした。清順はビクッとしながらも、

「やっぱり、ビー玉、喋ってる……」

と小声で話しかけてくれる。

「清順。ああ、名前が呼べるなんて！」

「ビー玉……。女？」

「そうだよ。清順のことが好きだから、あたしは女の子！」

「年は？」

「清順は？」

「オレは十六」

「じゃあ、あたしも！」

「十六？」

「そう！　輝くシックスティーン」

「ふうん……」

「ね。あたしを灯りに透かして見て」

清順はあたしの言うことに従い、右手を高く上げ、蛍光灯の光に当ててくれた。あたしの透明な体がハレーションを起こす。中に何粒か入っている気泡がキラリキラリと光り、清順を魅了する。誇らしい気分で、あたしがにっこり笑って見せたら、

「……オレ、疲れてる」

清順が頭を抱えた。

「疲れてんのか？　そしたら、あたしが癒《いや》してあげる」

「ううー」

清順はあたしをマグカップに戻し、自分の両まぶたを指でぐいぐい押したあと、ベッドの上にパスッと倒れ、うつ伏せになってしまった。

そこであたしは、また頑張って、自力でマグカップからはい出した。縁から床へポンと降り、それからころころと床を転がっていった。フローリングは痛いが、ローリングし易《やす》い。

本棚の脇には、清順が中学時代に、吹奏楽部で使っていたトランペットのケースが、ほ

こりをかぶっている。

その周りをグルリと一周してから、するするとベッドの脚まで転がっていき、ひょいっとシーツの上に乗っかった。清順の腰の上に行き、ぴょんぴょん飛び跳ねた。

「腰痛《ようつう》に効くビー玉」

「うわあ」

恐怖にかられたように清順は、いったん起き上がり、蛍光灯のヒモをクイクイッと引っ張って、またベッドに倒れ込むと、腰の辺りを手で払ってから、布団をかぶった。

仕方がないので、腰から下り、もぞもぞと移動して布団を抜け、清順の枕の横っちょに寝そべり、あたしもまぶたを閉じた。低反発枕は、あたしの重みでは少しも沈まない。そのあと、はじめて口を利いた疲れがどっと出て、すぐに眠りに落ちた。ビー玉の夢はキラキラ光る。


やがて朝が来て、チリチリチリチリうるさい音で目を覚ますと、清順があたしの上に覆いかぶさって腕を伸ばし、時計のｏｆｆボタンを押した。

寝覚め健やかな清順は、すぐに掛け布団を四つ折りにして、ベッドを下りると、雨戸を開ける。まぶしい。

それから、姿見の前に立って寝ぐせの具合を見る。あたしは転がっていく。百六十二センチと、大きくはない背丈だけれど、とにかく顔がかっこいい。下から見上げて、うっとりとする。

「はあ、今日もオレ、かっこいいな」

と清順もつぶやいた。自意識が強いらしい。

「本当、かっこいいよ」

床から同調すると、

「そ、そう？　かっこいい？」

あたしにおびえつつも、答えてくれる。

「もちろん」

「ありがとう」

「寝違えちゃった！」

あたしは首をコリコリと回した。

「そんな体で……。寝違えるとか、あんの？」

「あのさ、今日、これから、学校？　登校すんでしょ？」

「まあな」

「学校、あたしを連れていってね！」

「連れてってもいいけど……。オレはビー玉のこと、誰にも紹介しねーぞ」

　清順はつれない。

「えー。なんで？　紹介してよ」

「オレ、友だち、いねーもん」

「なんで」

「オレは頭の回転速いし、雑学王だから、みんな面白がってはじめは集まってくれんだけど、みんな、すぐにオレのことに飽きて離れてくんだ。今のクラス、二年五組、オレ全然、仲のいい奴いねーんだ」

「飽きられたんじゃないんじゃない？　清順が薄情だから、離れられちゃうんじゃないの？　自分が好かれるかどうかばっかり気にしてて、友だちのことをちゃんと好きになってないんじゃないの？」

「なんでビー玉ごときにそんなこと言われなきゃなんねーんだよ」

　怒った風に背を向け、ドアを開けて廊下へ出て行こうとしたので、サッと追いかけて、右足の甲に乗っかり一緒に階段を下りた。そして、上に向かって叫んだ。

「あたしが清順を好きなのは、雑学王だからじゃないよ。どんなに意地悪キャラでも、人非人でも、冷酷人間でも、清順のこと、大事だ！　なぜなら、清順があたしのことを、宝物だ、って思ってくれてるって、感じてるから」

清順はなんにも答えない。

一階のダイニングに行って、椅子を引いて、丸いテーブルに着く。すると、大根と油揚げの味噌汁の入ったお椀と、スクランブルエッグとミニトマトののったお皿を、清順のお父さんが、コトリコトリとテーブルの上に置いた。

「おはよう。ごはんは自分でよそってね」

と声をかけてくる。

「おはよう」

清順も返して、また立ち上がり、炊飯器から白ごはんを茶碗によそい、冷蔵庫からウーロン茶のペットボトルを取り出す。

「あたしのは？」

肩に乗って、耳元でたずねると、

「飯《めし》食うの？」

お父さんに聞こえないように配慮しているのか、空気だけのひそひそ声で聞いてくる。

「あたしはもっぱらジャンクフード！」

自分の食べたいものを伝えると、

「ねえよ」

清順はすげなく言う。

「じゃ、それでいい。その、プツプツ言ってる水」

冷蔵庫のドアポケットにしまってある液体を指さした。

「サイダー？　飲むの？」

「うん。注《つ》いで」

すると清順はガラスコップを二つ、赤い水玉模様のと青いストライプのとを、食器棚から取り出して、ひとつにはウーロン茶、もうひとつには三ツ矢サイダーを注いで、テーブルに置いた。赤い水玉模様のにサイダーを注いでくれたので、女の子扱いしてもらったみたいで嬉しい。あたしはコップに飛び込んだ。シュワシュワと泡が体にまとわりつく。くちびるを半開きにして泳ぎ回りその泡のひとつひとつを吸った。

「旨《うま》い。泡は旨い」

「よかった」

そう言いながら清順は、おかかのふりかけをごはんにかけて、食べはじめた。

父親もテーブルの向かいに座って朝食を食べる。小柄で、髪の毛の薄い、南田剛《つよし》四十六歳は、いつも家にいる。

「ね。お父さんって、なんのお仕事している人なの？」

前から疑問に思っていたことを聞いてみた。コップの中で、小さな声で喋っているから、きっと剛には聞こえない。

「オレも知んない」

清順が答える。

「え？　何を知らないって？」

剛が聞く。剛は紺色のエプロンを着けている。エプロンの下は、グレーのトレーナーに、チノパンだ。

「なんでもない」

清順がそう答えたところで、階段がバタバタと鳴り、清順のお母さんが入ってきた。

「おはよう」

清順が声をかける。

「私も朝ごはん！　おはよう、お父さん、清順も」

と挨拶する、南田清美《きよみ》四十六歳はダークブラウンのスーツを着て、髪はショートカット、すでにばっちしメイクを済ませている。飴色《あめいろ》フレームの眼鏡がかっこいい。Ｗｅｂ制作会社の営業をしているという。

剛は味噌汁とスクランブルエッグと白ごはんをよそい、清美の前に置いてあげてから、

「お母さん、おはよう」

と言った。この二人はお互いを「お母さん」「お父さん」と呼び合っている。

すると今度は、風呂場のドアを開け閉めするようなガラガラいう音が聞こえて、清順の姉である亜美がダイニングにかけ込んできた。髪はきれいにブローしてあって、服はピンクの半袖ニットとベージュのスカートだ。

「おはよう。……清順、まだビー玉で遊んでんの？」

亜美はあたしを見下すような目で見る。

「お姉ちゃん。見てよ。きれいじゃねえ？」

そう言って清順がコップを揺らし、あたしをサイダーの中で泳がす。泡がいっぱい生まれるので、あたしはパクパク口を動かして、片っ端から炭酸を食べた。

「朝っぱらから、ヒマだね」

亜美はあたしを少しも見ず、冷たく言い放った。

「……ごちそうさま」

清順はコップからあたしをつまみ出した。皿を重ねて流しに持っていったあと、二階に

かけ上って制服を取り、また一階に下りて、風呂場に入った。シャワーを浴びるつもりらしい。

「あたしも洗って！　サイダーで、もう、べたべた」

脱衣所に置いてある洗濯機の上に乗って、ぴょんぴょん跳んだ。

「自分で『飲みたい』って言ったんじゃんかよ。大体さあ、ビー玉がサイダー飲むとは思わなかったなあ」

清順がTシャツを振り脱ぐ。

「夕ごはんはポテト」

「え？」

「あたし、体に悪いもん食べたいの。ジャンクフードってやつ」

「ふうん？」

「ときどき、清順が食べてる、熱くて、油っこくて、黄色くて、細長いもの」

「フライドポテト？」

「うん。学校帰りに、買おうよ。それか、作って」

「作れねえよ」

清順は喋りながら、短パンを振り脱ぎ、パンツも脱ぎ捨てる。

「清順の友だちの、紺野《こんの》くんは、こないだ『作った』って言ってたじゃんか。うちに遊びにきたとき、『おみやげ』って、『これ、オレが揚げた』って、言ってたじゃんか」

「あいつ、駅前のファーストフードの店でバイトしてんだよ」

「清順もしなよ」

「えー。……でも、それもいいかもな。部活やってねえしオレ、金ねえし……」

そして、ガラガラとドアを開けて浴室に入り、シャワーからお湯を出して、髪を洗いはじめた。

シャンプーは花王アジエンス。容器に「せ」と油性ペンで書き込んである。その隣りに置いてある資生堂TSUBAKIのシャンプーの容器には「あ」とある。亜美のだろう。

それから、体をナイロンタオルでごしごしとやる。ボディーソープはCO・OPで買った安いもので、こちらはこだわりなく家族みんなで使っているようだ。

「あたしのことは、指で洗ってね」

そう頼むと、清順はあたしをお湯に当てながら、指でぐいぐいともんだ。爪が当たって痛いので、

「指のハラを使って」

あたしは体をねじる。

「うるせーな」

清順はそっけなく言う。

「ハラで洗って！　ハラで」

サイダーのべとべとが取れたら、浴室を出て、バスタオルでキュキュッと拭《ふ》いてくれる。

清順も自分の体を拭いて、半袖シャツを羽織り、ズボンに足を通す。濃紺と深緑のストライプのネクタイをだらしなく首に巻き、ベルトを腰の辺りでゆるく締める。

それから、髪の毛に念入りにドライヤーの風を当て、ワックスで整えた。

次に、歯を磨く。磨きながら、体重計に乗る。体脂肪も量れる、デジタルのだ。

「何キロ？」

と聞くと、

「五十三」

と答える。清順が下りたあと、あたしも乗ってみた。

「ゼロ」

清順が数字を読み上げる。

「うーわー。あたしの存在、無だ」

あたしがあせると、

「大丈夫だよ」

清順はそう言って、あたしを左手で握り、ダイニングに戻った。

「お父さん、秤《はかり》ってない？」

ドアを開けながら、清順が聞く。

「キッチンスケールのことか？　あるぞ。そこの棚」

剛は流しの上の棚を指さす。清順は椅子を移動させ、それに乗っかって、上の棚から、赤くて可愛《かわい》らしい、アナログのキッチンスケールを取り出した。

あたしを、そのスケールの皿に乗せた。針が少しだけ動いたようだ。

「十グラム」

清順が目盛りを読み上げる。

「やったー」

あたしは拍手した。

「まーたー。ばかな遊びして」

新聞を読んでいた亜美が、紙面の上から、侮蔑《ぶべつ》の目をあたしに向けてくる。

清順は亜美の科白《せりふ》を無視して、キッチンスケールを棚に戻すと、

「じゃーねー。行ってきまーす。お姉ちゃんも早く会社行けよー」

紺色のスクールバッグを肩にかついだ。すると、

「清順、弁当！」

剛がブルーのハンカチで包んだお弁当を渡してくる。

「ありがとう」

受け取って、清順はそれをバッグにしまった。

「行ってきな」

「行ってらっしゃい」

「気をつけてね」

剛と清美と亜美が口ぐちに言って、送り出してくれた。

革靴を履いて、玄関を出る。

籠《かご》にバッグを投げ入れ、ガッチャンとスタンドを外し、青い自転車を道路に出す。あたしたちはフワリと、朝の光に包まれた。

肩に乗って、

「出発！」

とあたしは進行方向を指した。

清順はペダルに足を乗せ、自転車にまたがる。サドルから腰を浮かせて、終始立ち漕《こ》ぎで進む。

荒っぽい運転だから、力を抜けばすぐに、肩から落ちてしまうだろう。あたしは制服の肩のラインの、継ぎ目のところの糸にギュッとつかまる。

風を受ける。球形のあたしの体の周りを、空気がすり抜けていく。清順のおでこも光る初夏。街路樹の緑があたしに映る。清順の首筋も汗で濡《ぬ》れる七月。

「学校かー、楽しみだなー」

「そんな楽しいところじゃねーよ」

「放課後に、ハンバーガー食べよう！　ポテト食べよう！」

「ビー玉のくせに。いやしいんだな」

郊外にある住宅地を出て、駅前の大通りを抜け、国道沿いを少し走って、田舎道に入り、畑の脇を抜ける。家から、同じ市内にある高校まで行くのに、自転車で三十分。

たどり着いて、学校の駐輪場に自転車をとめる。

スタンドを蹴ってロックし、鍵《かぎ》をかけてチェーンを締め、籠からスクールバッグを取り出す。おでこの汗をぬぐいながら、校舎に向かって歩き出す。太陽を見上げる。

「あのさ、あたしを日差しに当ててみて」

すると清順は、あたしをつまんで、自分の目の近くへ持ち上げた。

あたしは虹色《にじ》にスパークした。

「可愛いでしょう、あたしは」

「うん」

「セクシーと思う？　興奮してきた感じ？」

「ビー玉が何言ってんだ」

片目をつぶって清順は、あたしの体を通して世界を見る。木々が縮まる。体育館が小さくなる。時計塔が曲がる。校舎が逆さまになる。

昇降口を抜け、下駄箱の前で革靴から上履きに履き替えた。

清順と同じ制服を着た子たちがたくさんいる。男女は半々くらいの割合だ。清順に似た男の子がいっぱいいるが、あたしの目に入るのは女の子だ。女の子の場合は、清順と同じシャツを着て同じネクタイを締め、下はボックスプリーツのスカートをはいている。うじゃうじゃいる。あたしはうらやましくて、つい、女の子のスカートを目で追ってしまう。あんな風にひらひら、自分もミニスカートをはいてみたかったな。

「若い子がいっぱいだな」

あたしが言うと、

「おじさんぽいこと言うんだな」

と清順が笑う。

「いやー。汗の匂いがするね。青春ってことだね」

「気持ちわる」

「何階？　何階？」

「オレは三階」

そう言って、くるくると階段を上っていった。

「2の5」というプレートが付いている教室の引き戸をガラッと開けた。おはよう、などとは誰にも言わないし、言われない。清順、大丈夫なのか？　床にはめ込んである板を数えているみたいな顔をして、無言でつかつかと進んでいく。教壇の前を過ぎ、奥まで行って、窓際の、前から二列目が清順の席。

スクールバッグから、教科書やらノートやら筆箱やらを出して、机の中へ入れる。バッグは机の横に付いているフックへ掛ける。

清順は頬杖《ほおづえ》をついて、窓を眺めはじめる。

あたしは机の上で、おとなしくじっとする。

十分ほど経《た》つと、二年五組の担任である津田という先生が入ってきた。四十代中頃の男だ。

ちょびヒゲを生やし、襟のないシャツに、スーツのズボンをはいている。大柄で、背も横幅もあって、威圧感が周りにただよう。

「おはよう」

そして、今日の予定や連絡事項をごにょごにょ喋った。「朝のホームルーム」ってやつだな。

清順があくびをした。すると、

「南田！　人が話をしているときに、あくびをすんな！」

津田が名指しで怒鳴った。

「失礼しました。でも、あなたにそんな口の利き方で注意される理由はありませんよ。ここは私立高校で、言うなれば、こっちは客なわけですから。あなたの面子《メンツ》を保つために生徒がいるわけじゃないんですよ。普通に、人間同士として話しましょうよ。『あくびされると悲しくなりますので』って素直に気持ちを表現してくれれば、オレだって、あくびはやめるんです」

清順はふざけているのか、ひょうひょうと答えた。

　どうやら、清順は先生のことを「あなた」と呼ぶらしい。

「おまえはなー……。先生をばかにしているのか」

　津田が呆《あき》れたようにため息をつくと、

「『おまえ』も、やめてもらえますか？　あなたに『おまえ』呼ばわりされる自分とは思えないので」

　清順がそう言うと、津田は、黙って首を振ってホームルームを締め、教室を出て行った。

　あたしが、机の上をプランプランと転がりながら、

「清順って、相手によって態度をころころ変えるよなー。お姉ちゃんの前と、先生の前じゃ、顔が全然違うなー」

　とつぶやいたら、

「うるさい」

　ひそひそ声で怒って、親指であたしの口をふさいだ。

「もごもご……。息、できない」

　抵抗すると、指を離してくれる。

「はあー。清順、あたしの机と椅子、作れ」

　一時間目の授業中に清順は、ノートを破って、やっこさんを折るみたいにして、小さな

机と小さな椅子を作った。机の隅にそれを置いてくれたので、あたしはその上に乗って、古典文法の呪文《じゅもん》を聞いた。られ、られ、らる、らるる、らるれ、られよ。

「こんなところにビー玉置いて、清順、みんなからキチガイだって思われない？」

あたしが心配すると、

「もう思われてる」

と清順は小さく答えた。前からクラスで浮いていたらしい。


二時間目は数学、三時間目は世界史、四時間目は家庭科。そのあとは昼休み。

お弁当はさすがに友だちと食べるようだ。背が高くて大人っぽい紺野くんという男の子と、眼鏡をかけてちゃきちゃき喋る服部《はっとり》くんという男の子が、清順の机の近くに来て、椅子を並べてくれる。もっとも、清順は、「オレ、友だちいねー」といつも言っているから、この二人のことを「友だち」だとは感じていないのかもしれない。「グループ」くらいの感じだろうか
「飯、飯」

と服部くんが言う。

あたしは、窓枠のところに座って、三人を眺めた。清順のお弁当は、白ごはん、アスパ

ラのベーコン巻き、エリンギいため、昨日の残りの肉じゃが、プチトマト。全部、父親の剛が作ったものだ。

「紺野、バイト、どんな具合？」

清順が聞くと、

「楽しいよ。うちの店、女の子多いし。そうだ、南田、働く気ねえ？　今、アルバイトの募集かけてんだよ。急に辞めちゃった奴がいてさ」

と紺野くんが言う。

「いいじゃんか、やれよ。けど南田、『いらっしゃいませこんにちは』とか言えんの？　南田はプライドが高いかんな」

と服部くんが笑う。

「やれるよ。……紺野、『バイトやりたいって奴がいる』って、店の人に伝えておいてよ」

「じゃあ、放課後に寄ってかないか？　今日、店長いるはずだし、直接、紹介するよ」

「頼む」

やった。清順は本気でアルバイトするつもりらしい。

五時間目は体育で、清順は校庭へ行ってしまった。あたしは清順がくれたオレンジの飴玉を嘗《な》めてハラを満たした。体と同じくらいの大きさの飴を嘗めるのは骨が折れた。

そのあと、六時間目の化学の間、午睡《ひるね》をしたら、夢にポテトが出てきた。黄色い棒に降りかかる塩が、キラキラと光っていた。

清順、ファーストフードでアルバイトをする

放課後、清順と紺野くんは自転車に乗った。あたしは清順の肩に乗って、紺野くんに見つからないように、襟のふもとに隠れた。

二人は前後に並んで漕ぐ。追い抜いたり追い越されたりする。道路脇に立つカーブミラーを見上げると、歪《ゆが》んだ二人の顔がパッと映って、通り過ぎると、スルリと消えた。

映り終わったあとも、振り返って鏡を見ていた。すると、後頭部に風が当たって、景色が後ろから前へ流れた。逆回し気分が続くと酔うので、また前に向き直る。おでこに風を当てる。汗がにじんできて、それが球面をなぞって、吹き飛んでいった。

「汗が……」

あたしがつぶやくと、聞こえたらしく、

「ビー玉って毛穴あんの？」

清順がひそひそ声で呆れた。

二人の自転車は抜きつ抜かれつ進み、田舎の景色は次第に街の中心部の雰囲気へ。

駅前商店街に入る。ファーストフード店の裏にある駐輪場に、自転車をとめる。

鍵をかけてから、

「緊張、してる？」

と紺野くんがからかって、清順の横腹を突《つ》く。

「べつに」

清順はハラを引っ込ませながらも、無表情に答える。

店の表に回って、自動ドアの前に立つと、

「いらっしゃいませ」

「いらっしゃいませこんにちは」

「いらっしゃいませ、エビバーガーはいかがですか？」

という声が次々上がった。「エビバーガーいかが？」というコマーシャルを潜り込ませるマニュアルがあるらしい。挨拶と営業とをまぜこぜにするやり方って気持ちわりいな、とあたしは顔をしかめた。

店員たちは、ドアから入ってきた紺野くんの顔を見ると、客ではなかったか、チッ、という顔をして、

「おはよう」

と言い直し、各々の仕事を続けた。

「おはようございます、チクチュー」

と紺野くんは、カウンターの端っこへ行って、店員のひとりに声をかけた。

「紺野、おはよう」

比較的手の空いていたらしい、清順より少し年上の女性店員が、振り返った。ファーストフード店で働く女の子にしては、低くてかすれたファニーな声で、ぶっきらぼうな喋り方をする。青と白のしましまのシャツに、紺色のジャンパースカートをはいている。目の上に青いアイシャドーがのっている。明るい茶色の髪はまとめてあって、長さがわからない。落ち着いた表情なのに、化粧と髪型だけがテンションが高い。

「クルールームの鍵、もらえますか？」

紺野くんが言うと、

「はい」

その店員が、店の壁のフックに引っかかっていた黄色いプラスティック製の長いくさりを渡してくれた。

くさりは、そのひとつひとつの輪っかが、あたしが通れそうなくらい大きくて、長く連なっており、その先に付いている小さな鍵を決してなくさないようにしようという力に溢《あふ》れている。紺野くんは、そのくさりをネックレスみたいに首にかける。

「ありがとうございます。……あと、今って、店長います？」

「いるよ。……店長！　紺野が呼んでます」

　すると、紙の帽子をかぶった、五十代の男の人が出てきた。青と白のしましまのシャツにベストを羽織っている。七三に分けられた髪は、染めてあるのか、不自然に黒い。ファーストフード店にいるくせに、ポテトを食べていないのか、おなかは出ていない。目尻が下がっていて、下まぶたがたるんでいる。背は百七十センチくらい。

「おはようございます」

　と紺野くんが言うと、

「おう。紺野、おはよう」

　と店長も挨拶した。

　紺野くんは、清順の袖をギュッと引っ張って自分の方へ寄せて立たせて、

「あの、こいつ、オレのクラスメイトの南田というんですけど、うちでバイトしたいって言うから、今日、一緒に来たんです。いいですか？」

　と紹介した。

「ああ、そうか。じゃあ、面接しようか」

店長はにこにこしてカウンターから客席側に出てきた。

「はい。お願いします。じゃ、オレは着替えてきます」

紺野くんが言うと、

「おう」

店長がうなずく。

清順は黙って礼をして、かちかちにかたまっている。

紺野くんは、

「じゃあな」

と清順に言い置くと、手を振って店から出て行った。

表で鍵をもらって、裏からクルールームへ行き、着替えたあと店内に戻り、仕事をはじめる、というのが、アルバイトの通常ルートらしい。

「じゃ、今は空《す》いているので、二階の客席で面接をしましょう」

と店長は手招きをする。

しかし、清順はむすっとしたままだ。一度お辞儀したきり、一向に動く様子を見せない。

「どうしました？」

店長が階段を上りかけてから、振り返る。

清順は、

「あの」

などと口ごもり、まごまごしている。

「なんでしょう？」

「……履歴書を、まだ用意してないんです」

「ああ、後日でいいですよ」

「そうですか？　じゃ、お願いします」

清順はかしこまり、もう一回、ペコリとお辞儀をして、階段を上がっていった。

客席のパイプ椅子に座ってから清順は、シャツの胸ポケットにあたしを落とした。だからあたしは、綿を透かして世界を見ることになった。布を通して安っぽい油の匂いを嗅《か》ぐ。

対面に店長が座って、にこっと笑うと、自己紹介や仕事内容の説明を五分ほどして、

「では、いつから来られますか？」

とあっさりと聞く。

「いつからでも来られます」

清順は答えた。

「じゃ、来週の月曜日の、学校が終わったあとに、また紺野と一緒に来られる？」

「はい」

「制服はそれまでにこちらで用意しておきます。その日に、再《さ》来週からのシフトを決められる？　スケジュール立てておいてもらえますか？」

「はい」

「再来週からは夏休みでしょ？」

「はい」

「そうしたら、休みの間に、集中的に入ってもらったら、仕事覚え易くて、ちょうどいいですね」

「はい。よろしくお願いします」

　そんな具合に、その場で採用の運びとなったのだった。

「嬉しい。夢みたい」

　帰りの自転車で、そんなことをつぶやく、アルバイトをするぐらいで何かの仲間になれたように錯覚を起こしている、子どもな清順だ。

「ただいま」

革靴をポイポイと脱ぎ捨てて、玄関を上がると、

「おかえり、今晩はカレーだよ」

剛がエプロンで手を拭きながら出てきた。

「何カレー？」

清順は聞く。

「豚」

「これ、おみやげ」

「なんだ？」

「ポテト」

「紺野くんのところに寄ってきたのか？」

剛は、息子の友だちの名前をきちんと覚えているとアピールしたいのだ。

「うん。オレも今度から一緒にアルバイトすることにした」

「社会勉強か」

「うん」

「しかしな、学生の本分は学業だ」

「うん」

「親の稼ぎを当てにしろ」

「うん」

「でも、無理のない範囲なのか？」

「うん」

「じゃあ、頑張れ」

「うん。着替えてくる」

清順は階段を上がって、自分の部屋のドアを閉めた。

「あのおみやげ、あたしのもんだと思ってた」

あたしはむくれた。

清順はTシャツを頭からかぶりながら、

「ポテトのこと？」

なおざりに聞く。

「アルバイトだって、あたしにポテトを食べさせるためにはじめたもんだと思ってた」

「へえ」

「月曜日に初出勤したときには、あたしにポテトくれる？」

「もちろん、あげるよ」

清順は短パンをはいて安請け合いして、

「カレー、カレー」

とドタドタと階段を下りる。あたしも、清順の足の甲に乗って一緒に下りた。

キッチンでは、清美が、スウェットの上下を着て、ノーメイクの眉なし顔で、カレーを三皿よそっている。「ハウスバーモントカレー甘口」と書かれた箱がテーブルに放ってある。

「お姉ちゃんは？」

清順が清美の背中にたずねると、

「今日はデートだって言ってた。ごはん食べてくるって」

清美が振り返る。

「ふうん」

清順はつまんなそうに、椅子の上に体育座りして、それからテーブルの上に置かれているポテトに手を伸ばし、一本食べた。

あたしはテーブルの上にころろんと転がっていって、ポテトの紙容器の中に潜り込んだ。油と塩の絶妙なコンビネーション。う、旨い。しかし、カロリー摂取オーバーになったことは間違いない。一応、女の子なもので、体重は気になる。明日の朝、またスケールに乗せてもらおう。

そうして、ころろんとまた表に出てくると、

「あーあ、ギトギトになって……」

と清順は汚いものを見るようにあたしの体を眺めたあと、指でひょいとつまみ上げて口の中に入れて、舌で体を洗ってくれた。

舌はザラザラと白っぽく、口蓋はピンクで硬い。

しばらく口内で転がしたあとに清順は、ピョイとくちびるをすぼめて、あたしを口から押し出し、指で取った。それを清美が見ていたらしく、

「清順！　あんた、何、ビー玉、口に入れてんの！　ノドに詰まったらどうすんの！」

五歳児をしかるような口調でたしなめた。

「怒られたね」

あたしが笑うと、

「怒られたー」

清順も笑って、ティッシュでキュキュッとあたしの体を拭き、ティッシュをゴミ箱に、あたしを短パンのポケットにしまった。

三人は、

「いただきます」

と口ぐちに言って、剛の作ったカレーを食べた。

食後に風呂に入り、それからベッドに寝転んだあと、深夜になってから、誰かが帰ってきたようだ。ガサガサいう音がした。きっと、亜美だろう。

清順は耳をふさいで寝返りを打った。


翌日も、あたしは高校へ一緒に登校した。三時間目はホームルームで、十一月に行われる文化祭での、役割分担を決めることになった。

出し物はディズニーランドの「スター・ツアーズ」を真似ると、すでに決定していた。

「スター・ツアーズ」というのは、「宇宙船に乗る」という設定でお客さんをシアターに誘導し、星の間を移動する映像を見せながら、それに合わせて椅子を傾けたり揺らしたりする、というアトラクションだ。二年五組の教室に、それを設営しよう、という、壮大過ぎるようにも思える企画なのだった。

あたしは清順の机の隅の、紙の椅子に座って、話し合いを眺めていた。

文化祭実行委員の女の子が前に出てきて、黒板に、映像係、音楽係、場内アナウンス係、

キャスト係、大道具係、舞台演出係、等々と、係の名前をチョークで並べていった。それから振り返り、

「じゃ、映像係やりたい人！」

などと叫ぶのだが、なんの反応もない。

クラスのみんなは、無視している。

文化祭実行委員が次々に係の名前を読み上げていったのに、どの係にも立候補者はなし。みんな、各々の机で、勉強したり、喋ったり、読書したりしていて、文化祭のことを考えている人は、委員以外にいないのだった。

清順は『グレート・ギャツビー』を読んでいる。

三時間目の終わり近くになると、二年五組担任の津田が現れて、しばらく教室の状況を眺めたあと、やにわに怒り出した。

「おまえらは！　文化祭実行委員がかわいそうだと思わないのか！」

津田のその科白をきっかけに、文化祭実行委員の女の子が泣き出した。

「うっうっ」

それに構わず、

「おまえら、大学に行きたいだけなら、高校に来んな！　通信教育やれ！」

などと津田は怒鳴り続ける。

教室のあちこちから、失笑が聞こえた。

どうやらこのクラスには、ひねくれ者が多いらしい。

それに構わず、

「一部の心ない大人がいて、社会では、正義が勝つとは限らない。でも、学校くらいは正義が勝たないとおかしいだろう？」

などと津田は演説を続けた。

教室のあちこちから、揶揄《やゆ》するような拍手が湧いた。

清順は、それらの出来事全部を耳からシャットアウトして、読書を続けた。

そこで三時間目の終わりを知らせるチャイムが鳴ったので、

「四時間目の化学はなしにする。話し合いを続けろ！　もう、文化祭実行委員なしで係決めしろ！」

そう言い残し、津田は出て行った。津田は化学の先生である。自分の受け持ち科目の仕事を放棄して、職員室にこもってしまったのである。

四時間目に入っても、みんなは、喋ったりふざけたりしていた。

文化祭実行委員の女の子は、つっ立ったまま泣き続けている。

そのうち、一番騒いでいた男の子が、ふいに黙って、立ち上がり、黒板の「大道具係」という文字の下に、自分の名前を書いて、戻ってきた。

教室からパチパチと、温かい拍手が湧いた。

しばらくすると、またひとり立ち上がって、黒板に名前を書きにいった。

そうして、順ぐりに、クラスの全員が、自分の係を決めていった。

「清順」

とあたしが、大人ぶった声で囁《ささや》くと、清順は『グレート・ギャツビー』を伏せて、渋々という感じで立ち上がった。「南田」と、きちんと黒板に名前を書いた。音楽係のところだ。

下校の時間が来た。自転車を漕ぐ清順の動きに合わせて跳ぶのは至難の業《わざ》だ。右肩や左肩を行き来する。跳び上がったときと同じ場所に降りると落っこってしまうから、少し前に出るようにして動く。でも、あたしはサーカスのようにピョンピョンやる。

というのは、昨日に食べたポテトのせいで、あたしの体重が今朝は十五グラムに増えていたのだ。スポーツをして、脂肪を燃焼させなくてはならない。

「やせなきゃー」

あたしが張り切って体をうねらせると、

「女の子って、丸みがあって、柔らかい方がいいらしいよ」

清順が首をすくめて痛がりながら言った。

「ふうん。清順も？　そういう女の子が好き？」

「うん。まあ、そうだな」

「あたし、丸みはあるんだけど、全然柔らかくない」

「だから、ちょっと太った方がいいんじゃねえの？」

「そうか。じゃあ、またポテト食べるよ！」

それにしても学校とは不思議なところである。仕事を放棄して、職員室に閉じこもっても構わないのだ。「生徒が謝りに来るまで、授業はやんない」と気分次第で放言できるわけだ。


週が替わって、月曜日の放課後、紺野くんと駅前のファーストフード店に行くと、クルームに、清順用の制服が置いてあった。

いざ着てみると、まったく似合わない。あたしは制服の胸ポケットの中でふきだした。

清順も苦笑いして、

「うーわー。ぜってー、誰にも会いたくねえな。うちの学校の奴、来ねえよな？」

と帽子を目深《まぶか》にかぶった。

紺野くんは、

「結構、来るよ」

と笑って、清順の帽子のひさしを持ち上げ、顔が見えるようにかぶり直させた。

店内に入って、タイムカードを押していると、後ろから、

「今日は、私が教えるから」

と女の子に声をかけられた。このあいだ面接に来たときに、紺野くんに鍵を渡していた派手な子だ。

「え？」

と清順が振り向くと、

「竹中《たけなか》さんだよ。みんな、チクチューって呼んでる」

紺野くんがチクチューを紹介する。

「竹中直子《なおこ》です。私が南田くんに、いろいろ教えることになってるから、わかんないことあったら、聞いて」

青いアイシャドーの上にまつげが、クルンとなっている。

「はい。よろしくお願いします。南田清順です。あの、履歴書、持ってきたんですけど」

「今日、店長いないから、また今度でいいよ」

そうして、チクチューは「付いてきて」と、店内を一周して、清順の顔見せをした。グリルのところに紺野くんを含めた三人、カウンターに三人、フロアにひとり、店員がいて、いちいち自己紹介をさせた。それから、

「じゃ、そこに立って。入ってくるお客さんに向かって『いらっしゃいませ』って言い続けて」

とチクチューは自動ドアの脇を指さした。

「えー!」

とても無理、というようにのけぞり、清順は、嫌々、と首を振る。

「みんな、はじめは、挨拶からやるんだけど」

「はあ」

「じゃ、私も一緒にやってあげるから」

そこで二人は、自動ドアの脇に立って、店内に入ってくるお客さんに、ひたすら、

「いらっしゃいませ」

と言い続けたのだった。しかし、やはり清順は声が小さい。

「そういう風に言うと、余計に恥ずかしいよ」

チクチューが淡々と注意する。黒いローファーを履いたチクチューは、清順と同じくらいの背をしている。

「わかっています」

しかし、三十分やっても、清順は慣れず、恥ずかしそうな挨拶しかできない。

「オレ、どうも、向いてないです」

清順が弱音を吐くと、

「そういう風な子、他にもいるよ。鈴木くんって、覚えてる？」

チクチューが言う。

「いえ」

「さっき、グリルでパン焼いてた男の子。みんなから、ズッキーって呼ばれてんの。ズッキーは大学生なんだけど、ほんと、喋んない。お客さんとも必用最低限しか話さない。他の子ともほとんど会話しないし、やっと話してくれたと思っても一言二言だし。でも、優しいし、仕事できるし、責任感ある。溌剌《はつらつ》とはしていないけど、一生懸命だから、ズッキーは、みんなから好かれてるよ」

「チクチューさんも、大学生ですか？」

「私はフリーター」

「そうなんですか」

「ここのアルバイト、高一のときにはじめて、もう四年目。十九歳なの」

「あ、三つ年上。オレよりも」

「そうだね」

「若く見えますね」

嘘だ、適当だ、とあたしは思った。老けている。

「そう？　まあ、とにかく、今日はもう挨拶はいいや。地味系の仕事しよう」

チクチューはそう言って、今度は掃除の仕方などをレクチャーしはじめた。

ラウンドとか、サニバケ洗いとか、灰皿洗いとか、フロア掃除とか、ひと通り説明して、二階のフロアでモップを渡し、

「じゃ、拭き終わったらカウンターに戻ってきて」

と言い置くと、チクチューは階段を下りていった。

清順はモップでキュキュッと客席の床を拭きながら、傷だらけの床板や、めくれかけた壁紙を見ていた。

「結構ぼろい。考えてみれば、子どもの頃から変わってねえもんな」

とつぶやく。

「ちっこい頃から、この店に来てたの？」

あたしはポケットから声を出した。

「来てた、来てた」

「いいな」

「オモチャが付いてんだよ。子ども用のセットには」

「何、何？」

「ヨーヨーとか」

思い返せば昔、本棚に置いてあるマグカップの中で、あたしの隣りに、パイナップル型の黄色いプラスティック製ヨーヨーがいたことがあった。あれは、パイナップルバーガーのオマケだったのではないだろうか？　清順が小学校一、二年生だった頃だ。しかし、半年ほどでいなくなった。清順が誤って踏んづけて、パリンと割ったのだ。そのあと、ヨーヨーはゴミになったのだと思う。あたしはまだゴミになっていない。

そんな風に来し方を思い起こしているうちに、チクチューがまたやってきた。

「まだ終わんないの？」

と聞く。清順は半分しか拭き終わっていない。

「南田くんはもう上がる時間だから、ここまででいいよ。残りは私が拭くから。紺野と一緒にタイムカード押して、今日は帰んな」

「あ、もう少しです」

「え、いいえ、拭きます」

「いいって。初日から居残りさせられないから、もう帰って」

「そうですか……。チクチューさんは？」

「私は今日、クローズまでやるから。おつかれさま。また、明後日。水曜日に来るんでしょ？」

それで、清順はありがたく、タイムカードを押した。

帰り際、ポテトのLサイズを買った。

家に帰ると清順は、そのポテトを剛には渡さず、自分の部屋に持ち込んだ。そうして、Lサイズのを丸ごと、あたしに食べさせてくれた。あたしは完食した。

清順は、水曜日に二回目の出勤、金曜日には三回目の出勤をした。

その、三回目の仕事を終えて、クルールームに戻り、着替えようとしているところに、チクチューがやってきて、

「ちょっと待って。まだ、時間ある？　オリエンテーションやってもいい？」

と呼び止めた。

「オリエンテーション……」

清順はいぶかしげにオウム返しをした。

「みんな、やるんだけど」

とチクチューが言う。

「はあ」

清順が曖昧《あいまい》にうなずくと、チクチューは棚から紙を出してきてテーブルに置き、自分は椅子に腰掛けた。そこで、清順も向かいに座った。

「お店には、慣れた？」

「まだ」

「質問、ある？」

「いえ」

「仕事、楽しい？」

とチクチューが聞くと、

「楽しくない」

と清順はむすっとして答えた。

「なんで？」

チクチューがつっ込む。

すると、清順は、

「楽しいです」

と言い直した。

チクチューは、紙にボールペンで「楽しい」と書き込んでいる。新人アルバイトの仕事の覚え具合は、先輩アルバイトがチェックするものらしい。紙には、いろいろなチェック項目が、プリントされてある。

それから、その紙とは別の、オリエンテーション用のパンフレットを持ち出してきて、開いて見せながら、「QSC＋V」だの、「TLC」だの、「カスタマーファースト」だの、「クリーンアズユーゴー」だのという、サービス用語の説明をしようとした。しかし、チクチューは言い淀《よど》んで、それらの難しい言葉の躍るページを前にしながら、下を向いて黙りこくってしまった。

清順もしばらく喋らずに、ページを見つめた。

三分ほどしてから、

「なんて言ったらいいのか、わかんない」

チクチューは、ぼそっとつぶやいた。

どうも、チクチューは、あんまり頭が良くないらしい。説明できないようだ。

紙に書き込んでいる字も、小学生のように下手だ。

「あのー」

と清順が口を開いた。

「何？」

「チクチューさんは、この夏、予定ありますか？」

「べつに……。お盆におばあちゃんちに行くくらい。……なんで？」

「五日、五日は……」

清順は俯《うつむ》いたままもごもご言う。

「何？　はっきり喋ってくんなきゃ、わかんない」

チクチューはパンフレットに目を落としたままだ。

「八月五日に、県の花火大会があります」

「うん」

「オレと一緒に見にいく、っていうのは、どうですか？」

それを聞いて、チクチューは、自分のバッグからキラキラしたラインストーンでデコってある手帳を引っ張り出し、パラパラめくった。

「いいよ」

「じゃあ、花火大会」

「うん、行く」

とくに表情を変えずにチクチューはオーケーした。

話というものは、決まるときはサラリと決まるものらしい。

「じゃ、行きましょう」

クールな声でそう言いつつも、テーブルの下の清順の手は震えている。

「ばかー」

あたしは叫んだ。

「は？」

チクチューが不審げに清順の顔を見た。

「いや、あの、なんでもないんです」

清順が慌ててシャツの胸ポケットを押さえようとしたけれど、あたしは身をかわしてぴょんと飛び出し、

「あたしの方が仲いいんだから！　清順のことは昔からよく知ってんだから！」

テーブルの上を、右に行き左に行き、ジェラシーを爆発させた。

チクチューは、転がるあたしを目で追いながら、

「あんた、南田くんの元カノ？」

と聞いた。

「恋人ってゆうような、安易な関係じゃないんだ。ちっこい頃から知ってる同士なんだから、清順とあたしの間には、えもいわれぬ親密感があるの」

そんな風に、あたしが熱く語ると、

「面白いね」

チクチューは短く言った。

「何が？　面白い？」

あたしは聞いた。

「だって、牽制《けんせい》しようとしてるから。私、そういうの今までしたことない。ケンカとか、苦手だし」

「ふうん」

「だいたいにおいて、もともと、あんたの方が南田くんに好かれてんじゃないの?」

チクチューは言う。

「どうして? なんで、あたしが好かれてると、思うの?」

あたしは聞いた。

「幼なじみなんでしょ? それに、あんた、可愛いし」

「え?」

びっくりしたように清順が聞き返したので、あたしはむっとした。

「あたしは可愛い」

「うん。あんた、巨乳だし、目大きいし、可愛いよ。私とかは一重《ひとえ》だし、そんな風にキャーキャー喋れないから」

チクチューは下を向いた。

すると、清順が、

「あの……」

などと言って、口ごもる。

「何?」

チクチューが清順に向き直る。

「チクチューさん、可愛くないことないですよ」

清順が言った。

「そう」

チクチューは、やはり表情を変えずにうなずいた。

あたしの方がより可愛い。あたしの方がより素直。しかし、自信が湧かないのは何故なのか。

清順の心は、あたしのあずかり知らぬところにキーがあって、勝手にリモートコントロールされている。

「もう、いいや。オリエンテーション、終わった」

チクチューは急に切り上げた。

「え？　終わったんですか？　あんまり説明されてないですけど、『TLC』とか『クリーンアズユーゴー』とか……」

清順はあせって、パンフレットの文字を指さした。

「今度、教える」

「そうですか」

「私、今、休憩時間なんだ。コンビニ行ってくる」

「あ、はい」

「……名前、なんていうの？」

「あたしはビー玉」

「それ、愛称？」

「うん」

「ビー玉、ちょっとは化粧してみたら？　今度教えてあげる」

「うん。お化粧、したことない」

「肌つるつるだもんね。でもマスカラとかさ、アイメイクだけでもしたらいいじゃん」

「ありがとう」

「浴衣《ゆかた》を着ようよ」

チクチューがそう言うと、

「え！」

また清順が驚いたような声をあげた。

「ビー玉も、一緒に花火、行こう。いいでしょ？」

「うーん」

清順は曖昧にうなずく。嫌みたいだ。

「行く、行く」

あたしは清順に構わず誘いに乗った。

「一緒に浴衣を着ようよ」

「うん」

「ビー玉の瞳、灰色だね」

チクチューは、あたしの目を、そおっと覗き込む。

「そお？」

チクチューの目は黒目勝ちだ。

「グレー。まるで人間じゃないみたい」

などとチクチューは、さらに目の奥を見る。

「傷ついた」

あたしがすねて見せると、

「ごめん。でもかっこいいよ。神秘的で」

チクチューはフォローしてくれた。

「ふふん」

私はうなずいた。

「じゃ、また」

チクチューはそう言って手を振った。

「じゃあね」

あたしも手を振った。

「おつかれさまでした」

清順がお辞儀すると、チクチューはサマンサタバサの財布を持って、外へ出て行った。

チクチューはいい奴だ。そのことがあたしの胸を、かえって痛ませるのだった。

服を着替えてから、清順は家路を急いだ。自転車に乗っているとき、いつになくあたしは無口だった。

清順は部屋へ上がって、Tシャツと短パンに着替えた。それからパスッと、ベッドへ倒れ込む。さっき、チクチューを花火大会に誘ったことを、思い出しているのか。

「オレ、今日、頑張ったな……。いつになく、頑張ったよなあ……」

そう自己満足に浸りながら、仰向けになった。

もてあそぶように、あたしの体をつまんで、ヒューンヒューンと動かす。

それから、あたしの中を覗き、

「あ」

と小さく叫んだ。

「あたし、体がやばくなってきた」

ビー玉の中心には、めらめらと燃える炎がある。清順の目は焼けてしまった。

「直接、見たら駄目なんだよ」

あたしは煌々《こうこう》と輝く自分の体を自覚して、清順に注意を与えた。

「サングラスをかけないとならないんだな」

「あたしはまぶしい体なもんで」

清順は、起き上がり、机の引き出しから、目薬を出して、点眼した。結膜炎用の目薬などさしても、なんの効用もないだろうに。

「網膜焼けた」

と清順は目を押さえる。

尚《なお》もあたしは体の芯《しん》を熱くしていた。透明なガラスの中の、小さな気泡を利用して、あたしの嫉妬《しっと》心は燃え盛る。小さな黄色い火が、揺れる。

「やばいな。ガラスの融点に達しました」

あたしは楕円形《だえん》になってきた。

「どうしようか？　冷やしたい？」

清順が心配する。

「ビー玉の体は明るいの。全世界を照らしてる」

あたしは言った。

「思考もやばくなってきた？」

清順が、自分の耳たぶを、あたしへ押し付けてきた。

「何？」

ゆるくなった体をよじった。

「いや、人間の耳たぶって冷たいらしいんだけど……」

清順が教えてくれる。

「ああ、うん。ひんやりしてる」

気持ちよくなってきたので、今度は素直に、あたしは清順の耳たぶへ自分の体を押し付けた。

だが、あたしの溶け方は尋常じゃない。やきもちでどろどろだ。

清順はあたしを耳たぶに押し付けたまま、一階へ下りて、冷凍庫から氷を出すと、コップへ放り、そこに水を注いで、あたしを泳がせた。

するとと冷えて、再び丸さを取り戻した。

「清順が、他の女の子を、好きになったら、あたしは、溶けて、死ぬのかな……」

水からときどき顔を出して、息継ぎをしながら人魚姫みたいなことを言うと、

「なんだそれ？　脅迫？　めんどくせー。こええなー。女は怖い」

清順が、さも嫌そうに、あたしを見た。こういうことを言うと愛されないんだな。

クラスのみんなはみんなばか

翌週、一学期最後の授業がある月曜日に、学校へ行くと、たいがい清順よりも早く来ている、紺野くんと服部くんが、いなかった。

「南田くん、聞いた？」

と清順の隣りの席に座っている女の子が、声をかけてきた。

「何を？」

清順はスクールバッグから机の中へと、教科書を移しながら、たずねる。

「服部くんと、紺野くん、と、あと杉浦くんと、三田くんと、さっき、津田から、放送で呼び出しくらったの」

女の子が教えてくれた。

担任の先生のことは、清順も、クラスのみんなも、「津田」と呼び捨てにしている。

「へえ。そうなんだ」

清順は、片眉を上げる。

「なんでだろうね？　って、みんなで噂してて。タバコとかがばれた？　かな、って、話してたんだけど」

カチューシャを手でもてあそびながら、そんな噂話を、女の子はする。

「タバコ？　その四人が一緒に？　うーん」

清順はタバコを吸わない。紺野くんたちも、見た感じでは、喫煙なんてしなさそうだ。そのときちょうど、津田が、教室に入ってきた。ホームルームをやるためかと思ったのに、そうじゃなかったらしく、

「あー、岡本。ちょっと一緒に、来てくれるか」

と廊下側の席で、ノートを広げて予習をしていた、岡本という男の子に、声をかけた。顔を上げて、きょとんとする岡本は、ニキビだらけの、荒れた肌をしている。眼鏡は茶色いフレーム。床屋嫌いなのか、髪は長め。変な風に真ん中分けをしている。中肉中背。

「岡本。ちょっとだけいいか。理科室で、みんなと話そう」

と津田は手招きをする。

「あ、はい」

岡本は立ち上がって、先生について、教室を出て行った。

「あー、なるほどね」

と隣席《りんせき》の女の子がうなずいた。

「うん。だいたい、わかった」

と清順も言った。

「余計なことするよね、放っとけば、すぐにやむことなのに」

「そうだよなあ。津田も」

「太郎だって、余計なお世話だと思ってると思うよ」

女の子は言う。岡本はフルネームが岡本太郎なので、女子からは「太郎」と呼ばれている。

「そうだろうなあ」

清順はそう言って、でもすぐ無関心になったみたいで、スクールバッグから『偉大なるデスリフ』を取り出して、読みはじめた。

「なー、何、なんの話？」

あたしが清順に聞くと、

「ビー玉は、べつに、知らなくていいんじゃねえの」

清順は小声で言った。

そうして、その日はそのまま、ホームルームなしで、一時間目がスタートした。

古典の先生が、やってきて、授業を進めた。

『伊勢物語』を読む。先生が、教科書に掲載されている文章を、黒板へ写していく。黒板と触れ合ったチョークが、キュッキュッと体を鳴らす。

この人は、文章を写すのを楽しいと感じる人なのかもしれない。すごく楽しそうに、ピンクだの青だののチョークを使いながら、書いていくから。『えんぴつで奥の細道』だの『大人の塗り絵』だのが流行《はや》ったこともあるし、こういうことでわくわくする人もいるって、決まった通りに手を動かすのを面白いと思う人もいるって、あたしは知っている。

先生は生徒に、音読させたり、質問に答えさせたりする。

「『思ふ人なきにしもあらず』の思ふ人とはなんでしょう？　じゃあ、南田」

と清順を指す。先生は真っ黒なおかっぱの髪を揺らす。ピンクのツインニットを着て少女ぶっているが、肌からして年齢は三十を越えているだろう。

「え？」

と清順が聞き返す。ぼうっとしていたらしい。

「思ふ人」

先生は繰り返す。

「え」

清順はまた、え、と言う。

「南田は、思ふ人、いる？」

「ああ、います」

「え？」

今度は先生が驚いたように高い声を出した。

「いる、いる」

清順は平然と答える。

「え。思ふ人、の意味わかる？」

先生は聞く。

「え。……好きな人？」

清順が答える。

「南田に彼女いるの？　嘘？」

先生は、少し可笑《おか》しそうに言った。

「いや、本当、本当」

嘘だ。彼女はいない。でも……、きっと、一方的な「思ふ人」ならば、最近できた。

ブルーのアイシャドーをまぶたにのせてハンバーガーを売る優しい子。

あたしの心の在《あ》り処《か》はどこだろう？

ガラスの中の、成分を細かく細かく見ていって、原子レベルまで行ったところ。

そこにあたしの小さな心はあって、そのレンズに清順の思ふ人の顔が映っている。

そうするとまた、あたしのガラスは溶けはじめる。

歪み出したビー玉を持ち上げて、清順は耳たぶに押し付ける。


二時間目は体育、三時間目は数学、四時間目は化学だった。

すると、津田が、紺野くんと服部くんと杉浦くんと三田くんを連れて教室へやってきた。

岡本はいない。

教室に入ると、四人は、それぞれ自分の席へ着いた。

「今日は、化学をつぶして、大事な話をしようと思う」

そう喋りはじめた先生は、青春気取りなのかもしれない。

「先生は、いじめを許さない！」

津田がそう言った途端、クラスから揶揄するような拍手が湧いた。

「みんなそう思ってまーす」

「どっからがいじめなんですかー」

「むしろ先生がいじめられてるんじゃないですかー」

などと、ふざけた声が湧く。実際、津田はクラスのみんなからいつも、いじめられている。


あたしはようよう、今の状況がわかってきた。

確かにこの頃、岡本が、服部くんたちから、よくからかわれていたのだ。

でも、岡本は、いじめられっ子、というほどのことではなくて、「まあ、嫌われるタイプだな」という程度の子に、あたしからは見えていた。

本当に軽度のことだ。

岡本が授業中に手を挙げて発言をしたとき、服部くんがヤジを飛ばした。

岡本が文化祭の係決めのとき、一緒の係のところに名前を書かれた紺野くんが、「えー」と言った。紺野くんと清順と岡本は、音楽係だ。

そういう小さな出来事がいくつかあった。

「いいか、小さいいじめでも、いじめはいじめだ」

と津田が言うと、

「大ごとにしなきゃいいことを、いちいち取り上げてみんなに認識させる。あなたの人間関係作りのセンスのなさに、びっくりです」

と清順がヤジった。

「小さい芽のうちに摘まなくてはならないんだ」

と津田が言えば、

「このクラスに、『クラス内にいじめがある』っていう認識を持っている人は、そんなにいないと思いますよ。それを、あなたが『いじめだ』『いじめだ』と言えば、岡本はかえって、クラスで浮きますよ。余計な意識をみんなに植えつけてしまって、確実に逆効果ですよ」

と清順が口ごたえする。

「今日はさっきまで、四人から、事情を聞いていたんだ。そうしたら、『いじめてしまった』『岡本に謝りたい』とそれぞれ言い出した。そこで服部たちは、すでに岡本に謝ったんだ」

と津田が言った。

清順が問うように服部くんの方を見ると、服部くんは、

「そう」

と肯定した。

津田は、

「岡本がいるところでは言いにくいことだったから、岡本には今、席を外してもらっている。各自、自分が岡本に対してどういう態度だったか、省《かえり》みて欲しい」

と朗々と喋り続ける。

「岡本の前では喋れない岡本の話を、岡本を追い出してみんなの前でしてるんですか？」

と清順が言った。

「みんな、胸に手を当ててみろ」

清順を無視して津田は喋る。クラスのみんなが、おどけて手を当てて見せると、

「反省したなら、岡本を呼ぶ」

と津田は言い残して、教室を出て行った。

五分ほどして、岡本を連れて戻ってきた。岡本は、自分の席にすとんと座った。

「いいか、今後、岡本に失礼なことをしないように」

と津田は言った。

「はい」

なぜか岡本本人が返事をした。しゃんと背筋を伸ばしている。他人事《ひとごと》みたいだ。

「ごめんなさーい」

みんなは口ぐちに、ふざけた口調で謝った。

「みんなわかってくれたようなので、化学の授業をはじめる。教科書を出して」

そこで、清順も、机から化学の教科書とノートを取り出した。


あたしは、清順のことが好きだけれど、清順の意見にいつも賛同しているわけじゃない。

先生の言う「いじめは小さい芽のうちに」にも一理ある、と思う。

だけど、清順から好かれたい一心のあたしは、下校中の自転車で、肩から、

「あの、津田って先生、おかしいよね。いじめのこと、大ごとにしたら、かえって岡本がかわいそうじゃんね」

と耳元で囁いてしまう。

相手からのコントロールを受けずに、恋をするのは、難しい。

「そう、そう」

清順はうなずく。わかってくれる？　ビー玉はオレのことわかってくれるもんね、いつも。そんな口調だ。みじめだ。

恋愛対象ではなく、自分の賛同者として、あたしを気に入ってくれている清順だ。

それを理解しているのに、この立場に甘んじて、強気に恋の戦《いくさ》に出ることができないでいる、甘いあたしだ。

「オレ、ビー玉と喋るようになってから、いいことがいろいろ起きたよ」

清順は話を変えた。

自転車は、魚屋を過ぎ、米屋を過ぎ、畳屋を過ぎる。

イグサの、青い匂いが、一瞬あたしの顔を包み、そして離れる。

「どんなこと？」

「えーと、バイトはじめた、とか。出会い、とか」

「よかったね。あたしのおかげで前向きな気持ちになれてきて、よかったね。生産的なことができて、よかったね。文化祭も楽しみだね。よかったね」

「文化祭さあ、オレ、紺野と岡本と一緒の係なんだよ。音楽係、どうなるんだろう」

「岡本と仲良くなりなよ」

あたしがアドヴァイスすると、

「ビー玉、なんで、紺野のことは『紺野くん』なのに、岡本のことは『岡本』って呼び捨ててんの？　失礼じゃね？　いじめじゃね？」

清順が言う。

「清順のことも『清順』って呼び捨てだよ」

あたしが言ったところで、家に着いた。

「ただいまー」

清順が革靴を脱ぎ捨てると、

「おかえり、今晩は、野菜炒めと揚げ茄子《なす》となめこの味噌汁だよ」

と剛が出てきた。

「ふうん」

清順はそう言い残して、階段を駆け上がる。

グレーのTシャツと、カーキ色の短パンに着替えながら、

「やっぱし、ビー玉も、岡本のことを軽く見てるんだな。人間にランクをつけてる。そういう、ちっちゃいいじめは、みんな、してるんだよ。世界中のみんなが」

と清順は言った。

「あたしは、まあ……。ひいきはしてるよ。この世では、清順が一番だと思ってる」

とあたしは正直に言った。

「オレの方は、ビー玉のことを一番だと思ってなくとも？　ひいきしてくれるの？」

「うん。人生はひいきの連続だよ」

人生を知り尽くしたひとりの老人であるかのように、リクライニングチェアに座って、あたしはパイプをくゆらせた。

「人生はひいきの連続、……か。確かに、平等に人を見るなんてこと、そりゃ、きっとどんなに徳をつんだ聖人君子でも、できないことだよな。津田だって、本当は全員を平等に見るなんてことできてないはずなのに。生徒には『差別するな』って言うんだよ」

清順は、背中の後ろで左手で右のひじをつかみながら、ノビをした。それから、部屋の隅に置いてあった、トランペットのケースを引っ張り出して、部屋の中央に置き、蓋《ふた》を開けた。

「ずっと、しまい込んでたのに、楽器はずっとぴかぴかだったんだね」

あたしは言った。

銀色のトランペットは、相変わらず輝いている。あたしが楽器ケースの縁に乗っかって覗くと、その管に、ビー玉の体が横に長く伸びて、限りなく棒に近い楕円のように映った。

「吹いてみて」

あたしが言うと、

「うん」

清順はうなずいて、マウスピースに消毒液を吹き付け、キュキュッとタオルで拭いてから、本体に差し込んだ。

音階で指をならしたあと、『いつか王子様が』という、ディズニー映画の曲を吹いてくれた。甘く切ないメロディだ。あたしは耳を澄まして、音のラインをなぞりながら、考えごとをした。「あたしの王子様は、清順だ」。それとも、そう思い込んでいるだけで、実は、べつのところに王子がいるのだろうか？　もっとあたしにぴったりな……。ガラス製の男の子や、丸い形の男の子を、探した方がいいのだろうか？　こんな風に、清順のことばかり思っていても、幸せになれないのではないだろうか？　せっかくこの世に生を享《う》けて、喋れるようになったあたしなのに。

「一回、蓋を閉じてしまって、部屋の隅に追いやってしまうと、なかなか再び開けづらくなるもんなんだな」

吹き終わってから清順は、トランペットに付いた唾《つば》を、タオルで拭いて、ケースにしまった。そして、ぽん、とケースの蓋を叩《たた》いた。

「つらいの？」

あたしは聞いた。さっきまでの考えごとはやっぱりどうでもいい。あたしの目の前にいるのは、清順だ。

「責められてる気がして。放り出して、奥にしまってしまったオレのことを、トランペットが怒っているような気がして」

「清順は、どんどん大人になっていってる最中なんだから。気持ちの移り変わりは当然だよ。ずっと、トランペットのことばっかり、考えていられるわけないよ」

「うん……」

清順は、頭をかしげて、もごもご言っている。

「何？　何か言い淀んでる？」

あたしが、腹蔵なく言うように促すと、

「オレ、ビー玉に対しても、そういう申し訳なさがある。宝物だったはずのビー玉なのに……」

清順は、そんなことを言いはじめた。

「あー、あー、あー」

あたしは叫んで、両手で自分の耳を押さえた。

「なんだよ、急に」

「聞こえないー、聞こえないー。あたしには、人間の声は聞こえないー」

「なんなんだよ。急に、無機質ぶるなよ」

「えーん、えーん」

途端に、あたしの周りの床が、びしょびしょになってしまった。

清順はびっくりして、フローリングの上に溜《た》まっていく水分を見ている。

「何これ？」

「えーん、えーん」

「涙？」

と言って清順は、人差し指を床の水分にちょっと付けて、嘗めた。

「知ってる？　涙の成分って、おしっこを薄めたものなんだって」

あたしがそう教えると、

「うーわー。うがいしてくる」

口を歪めて階段を下りていった。あたしも清順の足に乗って下りた。

清順は洗面所で口をゆすいだあと、キッチンへ向かった。

剛と清美と清順で食卓を囲んだ。亜美は今日も帰りが遅い。

その次の日の火曜日、学校は終業式のみだった。

体育館へ行って、校長の話を聞いたあと、教室に戻った。

担任の津田がやってきて、夏休みの注意事項を話す。注意事項というのは、休みだからって酒飲んではしゃぐようなことがないように、とか、服装など節度を守りはめを外さないように、とか、そういうのだった。

「あと、何か、連絡ある人」

と先生が聞くと、

「はい」

と文化祭実行委員の女の子が手を挙げる。

「どうぞ」

「夏休みの間に、文化祭の件、それぞれの係で、決められたことを進めておいてください。休み明けに、みんなで合わせます」

「はい。では、解散」

清順がスクールバッグを肩にかついで廊下に出ると、一列に並んだ窓から、夏の日差しが入ってきたので、床の白いタイルは光った。

そこに、岡本が後ろから追いかけてきた。

「何？」

清順が振り返ると、

「音楽係のことだけどさ」

岡本が言う。岡本の髪の毛には、寝癖がそのまま残っている。

「うん」

「僕が邪魔だったら、僕は加わんないから、二人でやって」

岡本は、オレは全然平気、というポーズをとって喋る。

「なんでそんなこと言うの？　そういうこと言うから、余計、みんなからうっとうしがられんだよ」

清順が言う。

「いや、僕、自分が嫌われてるの知ってるし」

岡本は、平然と喋る。音楽係は、清順と、紺野くんと、岡本の三人がすでに決定している。しかし岡本は、「他の二人は自分をじゃまに思っているに違いない」と邪推しているのだ。

「『嫌われてるのを知ってる人』が、『嫌われてるのに自覚がない人』より上ってことはねえぞ」

清順はいらだった口調で喋る。

「とにかく、僕は加わらないから」

「加われよ」

「なんで」

「紺野も呼んで、夏休みの間に一回、話し合いを開く」

「いつ？」

「紺野にも話してみて、それからまた、メールするよ。メアド教えて」

「いいけど」

二人は、ケータイを取り出して、赤外線をピッと出し合って、連絡先を交換した。

「あのさ」

「何？」

「岡本、クラスの奴らをどう思う？」

清順は聞いた。

「クラスのみんなはみんなばか」

岡本は答えた。

四人でデート

夏休みの初日の午前中、Ａ大のオープンキャンパスへ行くか行かないかで、清順は迷っていた。

リビングのソファに座り、テレビを見ながらだらだらする。

「オープンキャンパスに行こうよ！　べつに、Ａ大を目指さなくってもいいんだからさ。大学ってものの雰囲気だけでも、見てこようよ！」

あたしは、清順のヒザに乗って、清順のスウェットの袖を引っ張った。

「うるさい。この試合観たあとでも、間に合うんだから、これ観る」

清順は、テレビで放映している、オリンピックのサッカーに釘《くぎ》付けだ。日本対ハンガリーの試合だ。

「えー。他人の試合より自分の受験、でしょ？」

「いや、この試合で、もし日本が勝ったら、Ａ大のオープンキャンパスに行くことにする。人生は賭けだからな」

「ふうん。バクチだけが人生か」

そこであたしも、サッカーに目をやった。あたしはサッカーのルールに明るくないのだけれど、清順と一緒に今までの試合も見てきたので、一応、ボールは追える。

今回のオリンピックにおける日本の試合は、これで三戦目だ。守備的な戦いをして、ナイジェリアには惜しくも敗れたが、ブラジルには一対〇で勝利した。今回は点を取らないことには、もうあとがないので、強い攻撃に出るはずだ。

と思っていたら、やはり守りが手薄なのか、前半がはじまってすぐに、相手に一点、取られてしまった。

ハンガリーはめちゃめちゃ反則をしてきたので、日本はフリーキックの機会を何回か得た。しかし、成功しなかった。

前半の終わりにPKが一回あって、かろうじて一点入れた。

だが、後半戦で、また開始後すぐに相手に一点取られてしまった。

この時間、同時にブラジル対ナイジェリア戦もやっていて、もしナイジェリアが勝てば、日本はハンガリーに勝つか引き分けで決勝トーナメントに出られる。

しかし、ブラジルが勝つと話は難しくなる。

今はまだ、グループリーグ戦の段階だ。各グループとも、四チームが総当たりで試合をしたあと、決勝トーナメントにそれぞれ上位二チームが進むのだ。勝つと三点、引き分けだと一点、勝ち点が得られる。この時点では、日本は三点、ナイジェリアが六点、ブラジルは三点、ハンガリーは〇点だ。

だから、ブラジルがナイジェリアに勝って、日本がハンガリーに勝った場合を想定すると、ブラジルとナイジェリアと日本の三チームが勝ち点六で並ぶことになるので、その場合は、得失点差、それも同じなら総得点数で決勝トーナメント進出のチームが決まることになる。今までのゴール数を数え直すのだ。その状況を考えると、今やっている試合で、ブラジルが一点差で勝った場合は、日本は三点差で勝たなければ決勝へ行けないことになる。あるいは、ブラジルが大差を付けてナイジェリアに勝ってくれれば、日本は決勝トーナメントに進める。

しかし、他力本願はいけない。ブラジルがどうの、ではなく、日本の応援をしたい。オリンピックは国ごとにカテゴライズされているから、その国に住んでいる人たちは、その国名のチームのサポートをする、というのが社会通念である。あたしはビー玉だから、日本人ではないのだけれど、妙なナショナリズムに巻き込まれ、にわか日本人として、応援をしてみた。

日本人は何度も、ボールをゴール前まで持っていく。しかし、なかなか決まらない。

時間はどんどん過ぎていき、決勝トーナメント進出どころか、「ただこのゲームに勝つ」ということにさえも、望みが薄くなってきた。

一対二のまま、ロスタイムに突入する。

日本の監督が、選手を交代させた。ヘディングが上手い選手を投入する。すると、その選手が入った途端、ヘディングでシュートを決めたのだ。そのあとすぐ、今度はキャプテンが上手い具合にもう一発入れた。日本は二点取って、逆転した。

そこで試合は終了した。日本はハンガリーに三対二で勝ったのだが、ブラジルもナイジェリアに一対〇で勝った。そのため、得失点差で、日本は決勝トーナメントには出られないことになった。

日本サッカーの、オリンピックは終わった。

しかし、ともかくも、勝った。最後の方は、あたしも手に汗を握った。ビー玉の手はガラスだから、つるつる滑《すべ》って、清順につかまっていられないほどになった。

あたしは今まで、スポーツなんて全然興味がなかったのだけれど、このサッカーは面白かった。

スポーツという、人間同士で戦って汗を流すだけの、なんの意味もないできごとを、なんで清順は観るのだろう、と不思議に思っていたのだけれど、わかった気がする。

選手はやっぱり、表現者なんだ。

「悔しいけど、ここまで来ただけでも、日本、頑張ったよ」

と清順もパン、パン、と拍手を送った。ちょっと涙ぐんでいるようだ。なんと言っても十六歳、純粋である。

「どうする？」

あたしは聞いた。

「日本が負けたら行くのやめようかと思ってたんだけど、試合には勝ったから、A大、見にいこうかな」

清順はソファから腰を上げて、自分の部屋に戻り、スウェットを脱いで、シャツとジーンズに着替えた。


自転車で駅まで行って、そこから電車に乗り、A大の駅で降りてから、バスで構内に入る。

バスを降りると、辺りはまだ夏の雰囲気が残っていて、暑かった。大学は広く、人がたくさんいて、サービスが手厚い。

学部説明会にちょうど間に合ったので、文学部の教室に入り、椅子に座った。二時半に、おじいさんが現れて、教壇に立ち、話しはじめる。

このおじいさんが学部長らしい。小柄で、髪は真っ白、少しヒゲが生えている。

「ひとりで砂漠に立っていると、僕はここで何をしてるんだろう、と思う」

という話からはじまった。おじいさんは、研究のために、ギリシャなどへときどき、出かけているとのこと。

西洋美術史が専門だそうで、と言っても、印象派とかそういうのではなくて、ミケーネ文明とか、そういうのなのだという。

この大学では、二年生になってから専攻学科を決める。

「高校生にも個性はもちろんあるけれど、学問においては白紙です。それなのにいきなり『選べ！』と言っても、土台無理な話でしょう」

一年生の間に、様々な専門の授業を聴講したあとで、その中から自分の勉強したいことを選ぶらしい。

入学当初にアンケートを取ると西洋美術史なんて志望しているのは十人に満たないのに、一年生が終わった頃にもう一度集計すると六十人になっていたりする。問題は、みんながみんな、希望する学科へ入れるわけではない、ということだそうだ。志望が偏《かたよ》ると、抽選になってしまうから。

「最後に、私がギリシャで撮ってきた写真をお見せします」

おじいさんは、スライドショーをはじめて、黒板の前に垂れ下がったスクリーンに、写真を映し出した。

「ほら、きれいな空でしょう。私が、この写真を見せて、美術史の話をしようとしたら、今年の一年生がサッと手を挙げたんです。『質問ですか?』って私が聞いたら、『はい』って言うから、『どうぞ』って促したんです。そうしたら、『先生、ギリシャの空は、いつもそんなに、青いんですか?』って聞いたんですよ」

とおじいさんは言って、学部説明会を終わりにした。

清順は席を立ち、大学の構内をぶらぶらしたあと、またバスと電車に乗って、家の最寄り駅まで戻った。

清順は、にわかにA大に入学したいと思いはじめたらしく、駅前の予備校に寄って「A大模試」の申し込みをしてから、家に帰った。

部屋に戻って、スウェットに着替えながら、

「ケガをした人は、天気予報ができるらしいよ」

清順がふと、口を利いた。

「どうやって？　足のケガでも、指のケガでもいいの？」

あたしは聞いた。

「どこのケガでもいいんじゃん。傷が疼《うず》くのは、天気が悪くなる予兆なんだってさ」

「ふうん」

「ケガしてない人だって、みんな、気圧の影響を受けてるんだって」

「全員？」

「うん。低気圧のときには憂鬱《ゆううつ》になるんだってさ」

「気圧って何？」

「空からのプレッシャー」

「あたしは丸いから、プレッシャーなんて、するり、するり、とかわせそうだよ」

「ビー玉は硬いしね」

「うん。でも、空の下にいる人はみんな、上からいろんなものを押し付けられてるんだね」

「そうだよな。圧力下にいる」

「清順も？」

「オレも。オレは、しょっちゅう、なんだかんだ理屈をこねてるけど、結局、気分屋だし。相手によって態度変えるし、場所によって喋り方違えるし。天気にも左右されてる。確固たる自己なんてねえよ」

「ふうん」

「明日は強い風が吹くんだって」

すでに吹き出していて、家をみしみし言わせている。


翌日は、ものすごく天気が荒れた。

朝は晴れていたのに、昼になると、空が変な色になった。どんよりとしたレンガ色で、上の方はネズミ色だった。建物がやけにくっきりと見えた。清順は隣り町で買い物をしていたのを、早めに引き上げた。

電車に乗っているとき、カミナリが光った。ちゃんと、ひび割れているのが見えた。

駅に着くと、雨がぽつぽつときて、すぐに、ざあーっ、となった。カミナリもバンバン鳴った。清順は無理やり傘をさして、歩き出した。

雨宿りしていけばいいのに、とあたしはちらりと思ったけれど、楽しかったので、

「歩け、歩け」

と囃《はや》した。

清順と一緒に道を歩けて、楽しかった。傘をさしていても、濡れた。駅前は、雨宿りする人や、タクシーを待つ人がたくさんいて、道路は湖のようになっていた。

びしゃびしゃ跳ねて、嬉しかった。

歩いているうちに、雨は小降りになり、空に晴れ間が覗いた。その小さな青空は、それはそれは、きれいだった。

そして七月も終わりに近づいたある日、本棚の中でうつらうつらしているところに、ケータイメールの音がしたので薄目を開けた。清順が親指を動かしている。

「何やってんの？」

声をかけたら、

「紺野とメール。明日、うちに来てもらって、音楽係三人で話し合うことにした」

と清順が振り向く。

「ビー玉もいていい？」

あたしはたずねる。あゆはー、とか、ショーコはー、といったようなこの三人称的一人称を、この頃のあたしはときたま使うのだった。

「隠れてれば」

清順は条件付き許可を出して、デスクチェアの上であぐらをかいた。

「まー、紹介して欲しいとも思わないけど」

と言ってはみたものの、そんな風に自分を抑えているのは、やはり屈辱であった。あたしのことをビー玉としか思っていなくて、友だちに紹介するのを恥ずかしいと感じている清順に対し、なぜこんなにもあたしは同情的であらねばならぬのか、みじめである。

「ちょっと、掃除しとくか」

清順は面倒そうに立ち上がり、収納棚からクイックルワイパーを取り出す。柄をくねくねと揺らして、フローリング掃除をはじめた。

「掃除をするときに、ゴミと、ゴミでないものは、どうやって区別してんの？」

「汚いか、汚くないか」

「あたしはどう？　汚い？」

そう聞くと、清順は手を止めて、

「きれい」

と言った。

清順は、ビー玉が喋るのを聞いた小説の主人公にしては、随分とビー玉を厚遇してくれている。必要以上に驚かず、きっちり食べ物をくれ、ときどき可愛がってくれる。だが、こっそりと部屋の中で可愛がってもらうことがはたしてあたしの幸せなのだろうか。

「清順さ、アルバイトのお金は、いつ振り込まれるの？」

「来月」

「それ、ビー玉にもくれる気はある？」

「ビー玉が、お金を何するの？」

「化粧道具とか、服とか。浴衣だって買いたいし。何かと入用だから」

おしゃれがしたいのではない。清順があたしに関することでお金を使えばいい、と思った。

「七月分なんて、まだ幾日も働いてないんだから、入金はたかが知れてるよ。地方都市にあるファーストフード店でのバイト代なんてクズだよ。ビー玉にあげる分なんて、ないよ。浴衣なんて買えるべくもない。第一、五日の花火大会に浴衣着たいなら、なんにしたって間に合わないよ。二十日に振り込まれるんだから」

「じゃ、浴衣や化粧はどうするつもり？」

「チクチューさんに借りればいいだろ。こないだ、そんな風に喋ってたじゃねえか」

「嫌だ」

「なんで」

「プライドです」

「何？」

「ビー玉のプライドは山より高く、海より低い」

「高いの、低いの、どっちだよ」

「揺れるんですよ、思春期だから。自尊心のアップダウンが激しいのを、自分ばかりと思わないことね」

「オレは恒常的に高いよ」

「嘘をつけ。しょっちゅう、へこんでいるじゃないか。自信なくして、うじうじして。清順は、何か『これぞ』というものを、まだ身に付けていない。高二にもなってから、なんにも持ってない自分を発見しちゃったんじゃないの？」

「なんで絡むの？」

「浴衣が欲しいからです」

「お姉ちゃんが持ってるよ」

「あ、そう」

「借りる気？」

「うん」

「オレからは言ってあげないよ」

「なんで？『文化祭で女装する』とでも言って、亜美に借りてよ」

「嫌だよ。自分で頼んでみろよ」

「いいの？」

「考えてみれば、ビー玉のこと、オレがひとりで背負うことはないんだ」

「あ、そう」

あたしは、花火の日には、亜美に浴衣を借りることに決めた。


次の日の昼過ぎに、紺野くんがやってきた。黒いTシャツに七分丈ジーンズという格好だ。あたしは清順以外の男には興味がないので、紺野くんの姿かたちのことは「清順よりはかっこ悪い」としか評価できない。でも、一般的に見たら、紺野くんは今風のおしゃれな男の子だろう。

清順は座布団を渡して、

「座んなよ」

と紺野くんを促した。あたしは本棚のマグカップから少しだけ顔を出していた。清順の嫌がることをして波風立てることはない、と考え、無理に友だちに挨拶をするのは遠慮しておく。

「ああ」

紺野くんはうなずいて、低反発座布団へ座った。

しばらくしてから、チャイムが鳴り、今度は岡本がやってきた。部屋に入ってきた岡本はアイラブニューヨークのTシャツに、ケミカルジーンズをはいていた。背中には、ギターを背負っている。あたしは笑った。

「なんで、ギター？」

紺野くんが聞くと、

「音楽やんのかな、と思って……」

岡本はびくびくして答える。

「オレは、なんにも楽器持ってきてないけど」

と紺野くんが言うと、

「ごめん」

と岡本は謝った。

「なんで謝んの？」

紺野くんが面倒そうに喋ると、

「勘違いしてたから……」

と岡本はフローリングを見つめた。清順から座布団を勧められると、お辞儀をしてから正座する。

「南田も、なんか弾けるの？　あそこに楽器ケースみたいなんあるけど」

紺野くんは、清順に聞いた。

「あれは、トランペットだよ。中学んときに、部活で吹いてたんだ」

清順は素直に教える。トランペットはあたしのためだけに吹いて欲しかったので、そんなにするりと他の人にトランペットの話をする清順に、ハラが立つ。

「あ、そう。それを言うなら、オレはコントラバスを弾けるけど」

紺野くんが負けじと言う。

「え？　本当？」

居心地悪そうに小さくなっていた岡本が、急に話に食いついた。

「でも、オレはそんなん、自分じゃ持ってないからね。オレも中学のときに部活でやってただけだし。大体、コントラバスなんて大きいもの自分で買うわけねえだろ」

「そうだよね」

岡本がニヤニヤして俯くと、

「なんか弾いてよ」

と紺野くんが、岡本に言った。

「なんか？」

岡本は顔を上げる。

「弾きながら、歌えよ。何かしら、できるんだろ？」

清順も促す。

品定めするために楽器を弾かせるのはかわいそう、とあたしは思ったけれど、岡本は言われるがままにケースを開け、フォークギターを取り出し、楽器拭きで楽器全体とフレットを神経質に拭き、それからチューナーで六弦の音を合わせていった。

「そしたら、昔の歌謡曲でもいい？」

「何？」

紺野くんが聞き返すと、

「チューリップの『心の旅』を弾きます」

と岡本は言った。

「うーわー。生まれてねえ」

紺野くんがのけ反る。どうやら岡本の演奏しようとしている曲は、清順たちが生まれる前のポップソングのようだ。

「チューリップって何？　日本の人？」

清順が聞くと、

「日本のグループだよ。七〇年代に活躍した、ニューミュージックの草分け的存在なんだ」

岡本は説明した。

「ああ、昭和な歌のわけね。じゃ、どうぞ」

紺野くんが素っ気なくパンパンパンと小さな拍手で促すと、岡本はギターを構えて、弦を弾《はじ》いた。前奏が終わると、岡本は小さな声で、歌も歌いはじめた。

ああだから今夜だけは　君を抱いていたい
ああ明日の今頃は　僕は汽車の中
旅立つ僕の心を　知っていたのか
遠く離れてしまえば　愛は終るといった

もしも許されるなら　眠りについた君を
ポケットにつめこんで　そのまま連れ去りたい

岡本が弾き語る。外見に不似合いな、かすれた甘い声で囁くように歌う。あたしは目を閉じて、うっとりとそのラブソングを聴いた。

「その歌詞って、前時代的だよなー。昭和だからありえた、って感じ」

聴き終わると、清順はため息をついた。

「え？　何が？」

爪弾《つまび》くのを止めて、岡本は聞き返した。

「『ポケットにつめこんでー』って！」

清順は笑う。

「ありえねえ！」

ふざけた感じにヒザで拍《はく》を取りながら聴いていた紺野くんも、清順に合わせて笑う。

「そう？」

岡本は首をかしげた。

「女をポケットに入れるって発想、今の時代じゃ、ありえない！」

清順は繰り返し、

「人のポケットに入るような女は、うざい。自立しろ、って感じだな！」

紺野くんも同調した。

それを聞いて、あたしの胸はつぶれた。これからもずっと、ポケットに入っているつもりだったから。

この先、何年も何年も、清順が会社へ行くようになっても、常にちょこんとくっ付いて、会議でプレゼンするのも、上司と飲みにいくのも、全部盗み聞きして、うなずいたりなだめたりしてあげようと思っていたのに。愚痴《ぐち》を聞いてあげて、はげまして、必要な存在に成り上がろうとたくらんでいたのに。そんな女は、この先の日本を生きる男子には、必要ないのだ。

そこにノックの音がしたので、清順はドアを開けにいった。すると亜美が立っていて、

「麦茶とポテトチップ持ってきてあげた」

とお盆を差し出した。

「ありがとう」

清順は受け取り、赤い水玉模様のグラスを紺野くんに、青いストライプのグラスを岡本に渡し、自分は無地のグラスで麦茶を飲んだ。あたしはポテトチップを食べたくて、舌舐《したな》

めずりをした。

「あのさ、そんなにギター弾きたいなら、文化祭でゲリラライブしようよ」

清順が岡本に言った。

「は？　だって、映像に合わせた音楽を作れ、っていう仕事じゃやねえの？」

紺野くんが言う。

「そんなのさ、もともと、音楽なんて、必要ねえんだよ。どう考えたってさ、『スター・ツアーズ』なんて、映像だけで充分作れる出し物じゃねえか。本当は十人程度の仕事なのに、クラス全員でやんなきゃなんないから、人数が余って、仕方なく余計な係ができてるんだよ。そういうもんだよ。人間が余ってるから、無理して仕事を作ってるんだ。役割なんて、無理やり考え出した概念なんだ。だから、真面目に自分の仕事を遂行したからって、みんなのためになるかどうか、定かじゃないんだ」

清順は滔々《とうとう》と喋った。

「へえ」

岡本は感心したようにうなずく。

「あとさ、文化祭なんてさ、もともと、学校側から提案されているお祭り騒ぎなわけでさ、それを言われた通りに騒ぐのは、ばかばかしいことなんだよ。先生から『こうしなさい』

『楽しかった』『あぁしなさい』って指導されてる中で活動してさ、終わったあとに生徒が『オレら頑張った』なんて満足してるの、傍《はた》から見てると、本当に笑える。去年だって、クラスで喫茶店やったんだけどさ、なんていうか、こう……」

清順がやにわにテンションを上げて身振り手振りを交えながら話したあと、少し言い淀むと、

「踊らされてる」

岡本がぼそっと言った。

「そう、そう。学校側に、踊らされてんだよ。高校は義務教育じゃないし、しかもオレらは私立高生でさ、自分で選んだ学校行って、大金を払ってんだよ。それなのに、先生は『教えてあげている』『文化祭をやらせてあげている』っていう態度。信じらんねぇよ」

清順はいつもの調子でぺらぺら喋る。

「でも、文化祭でふざけ過ぎると、真面目にやってる子たちに悪いんじゃねぇの？　委員の子たちとか……」

紺野くんはコクリと麦茶を飲む。

「あいつらは、好きで真面目にやってるんだよ。もし『真面目で損してる』って感じてるんなら、あいつらも不真面目になればいい、ってだけの話なんだ」

清順は平気で答える。

「……どっちにしたって、不平等だと思う。みんなで真面目にやったとしても、評価されるのはごく一部の人間なんだ。真面目にやりたくても上手く真面目なことをできない人間は絶対いるわけで、その上手くできない人間は『真面目な社会』で楽しく生きることが不可能なんだ」

岡本はギターの弦を一本、小さくピンと弾き、それから俯いた。

「『真面目にやってる子がかわいそう』っていうけど、それは目につき易い人物に対して、同情的になってるだけなんじゃねえの？　例えば、岡本に対してはどうよ？　何もないときは岡本の気持ちなんか誰も想像しないのが当たり前だし、何かあったときは『岡本は自業自得』のような見方が主流になるんだ。結局、その人物の雰囲気だとか明るさだとかで、みんなから同情されるかされないかが決まるだけなんだよ」

清順がまた喋る。

「うーん」

紺野くんは、まだ納得できないような顔で麦茶を飲み続けている。

「学校のコントラバス借りて、練習しようぜ。音楽室でも、教室でも、使える部屋で、夏休みの間に練習してさ。それから、文化祭で、三人でなんか、演奏しようよ」

清順が言った。

「借りられるか？」

紺野くんが聞くと、

「オレら、学費払ってんだよ？」

清順が腕組みして言う。

「まあ、確かに、この世のみんなは僕に合わせようとしてくれる気持ちがないのに、僕の側だけが世界のみんなに合わせようとしなくちゃならない、という法はないと思う」

岡本がフレットを拭きながら言った。

「そう、そう。映像に音楽を合わせてやる必要なんか、ねえよ」

清順が言った。

「なんか腑《ふ》に落ちねえ。そういう風な行動って、かっこいい？」

と紺野くんが言う。

「紺野は、『みんなで心を通わすのがかっこいい』っていう刷り込みをされてんだよ、マスコミから。そのくせ、『空気読めねえ奴とは心を通わさなくていい』って矛盾の気持ちも持ってんだな」

と清順は鼻で笑った。

「うーん」

紺野くんはぶつぶつ言い続けたが、

「じゃ、八月七日はどう?」

清順はさっさと決めた。

「いいよ」

「うん」

二人がうなずいたので、八月七日に楽器を持って学校に集まり、セッションをすることになった。


清順にとってのあたしは、自分を映す鏡にすぎないのか。あるいは、寂しい心が知らず知らず生み出したファンタジーのようにとらえているのか。

それならば、あたしの側でも、清順のことを「自分にとってのファンタジー」と見ても、いいのか? 部屋でオナニーして、他の女の子とのあれやこれやをもやもやと想像している男が、「あたしにとってのファンタジー」なのか?

八月五日の昼過ぎ、あたしは清順をせっついて、亜美の部屋への案内を頼んだ。

清順はむっつりしたまま立ち上がって、

「お姉ちゃん。ちょっといい？」

隣りの部屋の扉をノックする。あたしは、清順の後ろに立っていた。

「ああ、いいよ」

と中から亜美の声がする。

ドアを開けると、亜美はベッドに寝転んで、「アンアン」を読んでいた。

「お姉ちゃんさ……」

清順が声をかけると、

「後ろの子、誰？」

亜美が、清順の肩越しにあたしを見る。

「友だち、ビー玉」

清順が紹介してくれたので、あたしは清順の前に出て行って、

「ビー玉です。はじめまして」

と深々と頭を下げた。

「清順の高校の友だち？」

あたしは頭をぐるぐる働かせたけれど、嘘はつきたくなかったから、

「だいぶ前からの友だちです」

と間違ってはいない答えをした。

部屋を覗くと、かなりきちんと片付けてあって、本棚にはパソコンやインターネットについての本が並び、ＣＤの棚にはジャズのＣＤ、カラーボックスには化粧道具が入っていて大人っぽい。ただ、小さい頃からの部屋のせいか、家具はすべて白木の少女趣味だし、カーテンは薄ピンクだった。

「こんにちは」

にっこり笑ってくれた亜美は、キャミソールにカーゴパンツだ。

「こんにちは」

あたしはなるだけ、十六歳っぽい声を出した。

「あのさ、お姉ちゃん、今晩、県の花火大会に行く？」

と清順が聞いた。

「私は夜、別の約束あるから、今年は行かない」

亜美は答える。

「もしよかったらでいいんだけど、この子に浴衣を貸してもらえないだろうか、と思って」

清順がそう言うと、

「いいよ」

亜美は快諾して、さっとタンスの引き出しを引っ張って、紙に包まれた浴衣を出してくれた。

「ありがとうございます」

あたしはまた頭を下げた。

「自分で着られる？」

亜美が聞く。

「あの……」

ともごもご言った。あたしには、和服どころか洋服も、どういう概念で人間が着ているものなのか、わからないのだった。

「着せてあげようか？ 私も、適当にしかやれないけど」

亜美が、いつになく親切なので、

「お願いします」

あたしが頼むと、清順はぷいっと、自分の部屋へ戻ってしまった。

「それ、脱げる？」

亜美が聞くので、

「はい」

ワンピースをすっぽり脱ぐと、

「ビー玉は、ブラジャーしないの？」

と驚いている。

「はあ」

あたしが曖昧にうなずくと、

「いいよ、キャミソール貸してあげる」

白いキャミソールを一枚、亜美が渡してくれた。あたしは、それを頭からかぶった。

「胸が大きい人は和服が似合わないんだよ」

と亜美は言いながら、紺地に白抜きの桔梗柄《ききようがら》の浴衣を着せてくれた。亜美が巨乳なので、それをうらやましく思っている自分も、人間に化けるときに胸を大きくした気がする。

黄色い帯を締めてもらっている間、亜美のつむじをそっと見た。左巻きのつむじが、頭頂部にある。すると、自分の頭にも、同じようなつむじができあがっていくのがわかった。

鏡を見ると、帯の上に胸がのっかっていて太って見える。しかし、嬉しい。

そこで、亜美と一緒に清順の部屋へ見せにいくと、

「馬子にも」

と清順は言った。

「思い出、作ってきな」

と亜美が送り出してくれた。

清順は、シワ加工された木綿のシャツにジーンズ、黄色いビーサンで家を出た。あたしは、自転車の荷台に横座りして、下駄で風を切って、駅前まで行く。

花火大会へは、夏の思い出を作るために出かけるのだろうか。あたしは、「銀河鉄道999」のメーテルのような女にはなりたくない。男の、青春の一部にはなりたくない。あたしは、あたし自身の生《せい》を生きたい。でもこのままでは、清順の彩りにしかなれない。

清順は、駅前の駐輪場に自転車をとめた。

駅前広場の時計塔の下に、チクチューが立っていた。

チクチューは、水色の地にピンクのハイビスカスがプリントされた浴衣を着ていた。前髪をポンパドールにしてふくらませ、後ろは横結びにして流している。あたしたちが近寄っていくと、

「ビー玉！」

と手を振ってくれた。

「チクチュー！」

とあたしも振り返した。近寄って、両手をぎゅっと握り合った。

「浴衣、可愛いね。シックで」

「そう？　チクチューはキュートだよ」

「ギャルっぽくない？」

「よくないの？　ギャルじゃ」

「いいか」

「いいよ」

「今日、天気予報で、曇りって言ってたから、心配してたんだけど、晴れてるよね」

「晴れてる、晴れてる」

「慣れない下駄を履いてきたから、もう、指の股《また》が痛い」

「あたし、バンドエイド持ってる」

「じゃ、あとで、我慢しきれなくなったら、もらっていい？」

「うん。花火のところ、屋台あるかな。じゃがバター食べたいな」

「ビー玉は、じゃが芋が好きなの？」

「うん」

「私は、あんず飴」

「いいねー」

チクチューとあたしが、会った早々にぺらぺら喋り出したのを、清順は挨拶もせずに黙って聞いていたのだけれど、ふいに、

「あ、岡本」

と声を発した。清順の視線の先を追うと、そこには岡本がいた。Tシャツに、紺色のもっさりしたズボン、黒の革靴、という、おじさんっぽい服装で、こちらへ近づいてきた。

「どうも」

「何してんの？」

「花火を見にいこうと思って」

岡本はぼそぼそ答える。

「ひとりで？」

と清順がいぶかしむと、

「うん、まあ。ひまだし、ちらりと見たら帰るかもしれないし、べつに、その辺まで、行ってみようと思っただけで……」

岡本は俯きながら、言い訳するように喋る。

「じゃ、うちらと一緒に行こうよ」

あっさりと、チクチューが誘った。

「え……」

「あの、この人たち、オレのバイト先の人なんだ」

清順は、チクチューを紹介した。

「あたしは違うけど、清順の幼なじみだけど」

あたしは自分をアピールした。

「ああ」

岡本は、頭をぺこぺこ下げる。

「ひとりで行くくらいなら、うちらと一緒に見ようよ」

チクチューが尚も誘うと、

「お言葉に甘えて」

と岡本は返事した。

それで、四人で川に向かって歩いた。川べりには二十分ほどで着いた。

花火大会の会場は賑《にぎ》わっていた。学生仲間や家族連れがひしめき合っている。県のボランティアらしき人が、花火大会の広告が刷ってある団扇《うちわ》を配っていたので、清順はそれを一枚受け取った。

清順は、もらった団扇の柄の先を、シャツのボタン穴にさして、ひとしきり遊んでいた。それに飽きると、団扇の柄をジーンズのウエストのところに入れて、団扇をシャツの中に隠して、ハラがひらべったくなったのを、ひとりで面白がって撫《な》ではじめた。団扇を入れたり出したりするときに、ハラの肌がちらちら見えるので、あたしにとってはまぶし過ぎた。

「今、屋台の人に、団扇をおなかに入れるとこ、見られた」

と清順がそっと告げるので、

「どうして清順は、外でもそういう風に、子どもっぽいことをするの？」

とあたしはぴしゃりと注意した。言ってから、「なんだか今の、清順の奥さんみたいな口調だった」と我ながら照れる。

清順は、今度は普通に団扇を使って顔を扇《あお》ぎ、先を歩きはじめた。あたしは、後ろをてくてくついていく。

「じゃがバターを、二つください」

チクチューが屋台のおじさんに頼む。

「あ、オレが、出します」

それに気づいたらしい清順があせって戻ってきて、バッグから財布を出した。

「いいって。年上だから、私が出すよ。二人でひとパックで、いいよね？」

チクチューは自分で支払いを済ますと、おじさんからじゃがバターのパックを二つ受け取り、歩き出した。

「ありがとう」

あたしが言うと、

「ありがとうございます」

岡本も頭を下げた。

清順は、なんだか決まり悪くなったみたいで、お礼も言わないで、むすっとした。

あたしたちは、適当なところで道から外れて、草の上へ行き、清順の持ってきたレジャーシートを広げた。じゃがバターは、小さな揚げじゃが芋が六つ入っているもので、チクチューとあたしでひとパック、清順と岡本でひとパックを食べることにした。

爪楊枝《つまようじ》で芋を突き刺して、口に入れると、溶けたバターが舌を覆う。熱いので口元を押さえながら噛む。すると、澱粉《でんぷん》の平坦な味の上に、微《かす》かな塩の味がリズムを付けて、あたしを夢の世界へ誘うのだった。

花火がはじまると、火の粉がたくさん飛んできた。紙屑《かみくず》も落ちてくる。花火の玉の破片のようだ。当たると痛い。

岡本のズボンの裾に落ちてきて、燃えそうになった。岡本が、

「うわあ、うわあ」

と大きなリアクションで、あせった。それを見て、チクチューとあたしは笑い転げた。

「おいしいところは、結局、岡本だよ」

と清順は、「本当はオレが燃えて注目を集めたかった」と言わんばかりの口ぶりだ。

夜空には、ピンクだの青だのの光が広がった。ドーンという音が、横隔膜に響く。

「すごい、宇宙を感じる!」

「うん」

「吸い込まれるみたい!」

「うん」

チクチューは空を凝視したまま、感動していた。

清順は優しくて、チクチューがそんな風に感嘆する度に、いちいち目を遣《や》って、にこにことうなずいている。あたしは黙っていた。

花火が終わったあとに清順は、草の上に落ちている紙屑を集めた。茶色い厚紙は、爆発後のカケラだ。それは、思い出の残りカス。清順は一番きれいなカケラを、火のないことを確認してから、ポケットへ入れた。

この物語の主人公はあくまで清順であって、あたしはただの語り手にすぎない。

思春期の男の子の心理を探りながらストーリーは進んでいく。

ところがいったん喋り出したビー玉の中には、どんどん自我が育ってしまっていて、このまま清順のお供のキャラとして、人生をまっとうすることが、不可能であるような気配がしはじめたのだった。

バンドやろうぜ

八月七日、学校の音楽室を借りて、三人で楽器の練習をした。一応、みんな、制服を着てきた。職員室で鍵を借り、四階の音楽室に入ると、「暑い、暑い」と言い合いながら窓を全開にした。清順は、シャツのボタンを上三つほど開けて、下じきでハラに風を送りながら、汗が乾くのを待った。三人は、まちまちなポジションに着く。清順だけが机の上に座って、他の二人はちゃんと椅子に腰掛けた。そして、紺野くんと岡本は、二人で恋愛トークをはじめた。

岡本に好きな人ができた、という話だ。

というのは、今までぼさぼさ髪で、ださくてどうしようもなかった岡本が、急に髪の毛を短く切って、ワックスでハードにつんつん立てて現れたから、ばればれだったのだ。眉毛に手を入れて、表情も少し違ってきている。

「なんだ、なんだ、岡本。恋してんの？」

紺野くんが聞くと、

「うん」

岡本はあっさりと認めた。

「もう彼氏になった？」

「全然」

「どこの子？　うちの学校？」

「違う」

「可愛い系？　きれい系？」

「きれい系」

「お姉さんぽい？」

「うん、年上」

「最近知り合った？」

「そう」

「どこで？　どうやって？」

「花火大会で」

そこまで二人の会話を聞いてあたしは「すわ、あたしが恋されたか」と心配になった。

しかし、もちろん杞憂《きゆう》だった。

「なんて名前？」

紺野くんが聞くと、

「チクチューさん」

岡本はいとも簡単に意中の相手の名を教えた。

考えてみれば、あたしはきれい系ではなく、可愛い系なのだった。ポケットから清順を見上げると、ポーカーフェイスを保っている。

「えー！　なんで、岡本、チクチューと会ってんの？　チクチューって、あのチクチューだろ？　アイラインの濃いい」

紺野くんは驚いている。あのファーストフード店で一年前から働いている紺野くんは、チクチューとは、結構仲がよいのだろう。

「オレが紹介したんだよ。オレの友だちの女の子とチクチューさんと岡本と、四人で花火大会に行ったんだ」

それまで沈黙していた清順が、やっと口を開いた。

自分もチクチューが好きだということを、言えばいいのに、言わない。それはプライドが高いせいなのか。岡本の好きな女と自分の好きな女がかぶったことを、かっこ悪いと思っているのかもしれない。

「なんだよー。オレも誘えよー」

紺野くんは、机の下で地団駄《じだんだ》を踏む。机の上に突っ伏して、手もぱたぱたさせる。

「あの、僕も、最初から誘われてたわけじゃなくて、たまたま出くわして、付いていっちゃっただけで……」

と岡本が気を遣ったのか、説明をした。

「じゃ、そのもうひとりの女の子が、清順の彼女なわけだ？　こないだ言ってたもんな。彼女ができたって」

紺野くんが言う。それはきっと、古典の授業のときの「オレには『思ふ人』がいる」という清順の発言のことを指している。

「べつに。その子は彼女っていうのじゃなくて、幼なじみっていうか、そういう感じの子」

清順はあたしが彼女であることを否定した。

「どんな子？」

尚も紺野くんが質問を続けると、

「なんか、子どもっぽい感じの……」

と岡本が説明したので、あたしはハラワタが煮えくり返った。透明な体にどんどん赤み

が差していった。清順もそれに気がついたのか、

「まあ、顔は子どもっぽいけど、でも、考え方はしっかりしてるし、いい子で……」

柄にもなくフォローをしてくれる。

「顔は、可愛いの？」

紺野くんが聞くと、

「可愛い。なんか、透明感のある人。肌がつるつるで、目がグレーで、不思議な雰囲気」

岡本が答える。

「清順の彼女じゃないんだったら、オレに紹介してよ」

紺野くんがふざけると、

「やだ」

清順はひと言で断った。

あたしは顔も体も、怒りで赤くなりきっていた。そのうち赤さを通り越し、白になっていくのではないか、と思った。星は温度が上がるほど、冷たい色で光るらしいから。

自分の女を、他の人に会わせないのって、自信のない男のやることだ。

清順、あたしをみんなに見せびらかせよ。あたしに、もっときれいになれって、はっぱをかけろ。彼女じゃなくたって、自分に仲の良い女がいるのはいいことじゃないか。その

女を、他の男に見せてよ。自分の小さい世界の中だけで女を大事にするなんて、くだらない。恋人じゃなくったって、大事な大事な女友だちでしょ？

　そう心の中であたしは訴えたけれど、清順は涼やかな顔。ポケットの中の女の子を人前でフォローした、っていうだけで、充分にいい男を演じた気になっているのだ。

「まあ、いいけど。……岡本、さっきから何やってんの？」

　紺野くんは、岡本の手元に目をやった。岡本はギターケースにぶら下げているキーホルダーをいじくり回している。やけにリアルな、ゴム製カエルの、キーホルダーだ。

「何それ？」

　清順も見る。

「こないだの花火大会のとき、屋台でオモチャを買ったんだ。このカエル、水に浸《つ》けると、三倍に膨らむんだ」

　岡本は誇らしげだ。

「なんで？」

　清順は聞く。

「夏の思い出に」

　岡本が答える。

「チクチューとお揃《そろ》いとか？」

紺野くんが聞くと、

「いや、全然。個人的に」

岡本は下を向く。

「ばかだなー」

清順が毒づくと、

「うん。五百円」

岡本は恥ずかしそうに値段を言った。

「何、おまえ、こんなんにそんな金出したの？」

と紺野くんが、手を伸ばして、岡本のキーホルダーに触った。

「うん」

「おまえ、チクチューと話そうと必死だな。チクチューにこれ見せた？」

「いや」

「チクチューとひと言でも話した？」

「まだ」

「じゃあ、これ、話の種にしないとな」

紺野くんは、「応援するよ」とでも言うように、岡本の肩を叩いた。

「また会えるときが、あるかな？」

岡本は、「希望の少ないことを僕は知っている」とでも言うように微笑して見せた。

「うちの店に、ベーコンエッグバーガー食べにきたらいいじゃん」

紺野くんが誘う。

「ああ」

岡本はうなずく。

「ベーコンエッグバーガーって、食べたことある？」

「ベーコンレタスバーガーなら、あるよ」

「誰と食べたの？」

「ひとりで」

「いつ？」

「代ゼミの模試のとき」

「えー、混《こ》んでるだろ？　代ゼミの前んところの店は、模試のときの昼時は鬼混みなんだよ。店の前で立ち食いしてる奴らも多いだろ」

「ううん。A大の模試で、みんなが日本史やってるときに食べたから。僕、日本史受けないから」

「岡本、A大受けるの？」

「うん。ファーストフードの店はいくら『混んでて座れない』って言っても、ちゃんと座っている人はいる。僕も座れるってことなんだよ。受験も同じだと思う。合格する人がいるってことは、自分にも受かる可能性があるってことなんだよ」

岡本は、このことだけは、堂々と喋った。

「もう、受験のこと、考えてるんだ」

と清順がぼんやりと言った。「チクチューさんが好きだ」「A大へ行きたい」と素直に口に出せる岡本が、うらやましいのかもしれない。清順は家では勉強をしているのだけれど、学校では、勉強の話をしない。進学の話を、友だちとすることがない。

「オレも考えてるよ。オレは福祉系を狙《ねら》ってるんだ。この高齢化社会で、これ学んでおけば重宝するだろうから」

と紺野くんが胸を張った。

「堅実だね」

と岡本が言った。

「清順は？」

紺野くんが聞くと、

「オレは刹那《せつな》主義」

と清順は短く答えた。

あたしは、この主義に関して、「賛成！」と思った。十六歳の日々は一度きりなのに、将来のためにだけ使うなんて、もったいない。

「とにかくさ、今度、うちの店に来いよ。チクチューはフリーターだから、しょっちゅう店にいるよ」

「フリーターなのか。将来のこと、考えてるのかな？」

岡本が余計な心配をする。

「説教したら、あっという間に、男は振られるよ」

紺野くんは忠告する。

「フリーターっていうのは、正社員じゃないってだけの話なんだよ。毎日笑って、みんなと接して、立派じゃねえか。オレらよりずっとえらいよ、稼いでるんだから。若年労働者を使い捨てにしてる、社会の体制の方がおかしいんだよ。フリーターってだけで、軽い子だとは限らねえ。アルバイトと正社員の違いなんて、会社側にとっての、雇い方の種別でしかないんだから。雇われてる側は、雇用のされ方は別でも同じような仕事をしているっていう誇りを持つべきなんだよ」

誰の代弁者なのか、清順が息巻くと、

「そうだね」

岡本はうなずいた。

「まあ、オレだったらフリーターはきついけど。オレ、今だっていつも、先のことが不安で不安でしょうがねえもん。大人になって、金がなかったら怖い、金がなかったら友だちもいなくなんじゃねえか、って気がする。相手の経済状況に関係なく人づき合いするなんて、難しいだろ？」

紺野くんが言った。

「それより、ベース弾いてみろよ」

清順が促すと、やっと紺野くんは腰を上げて、楽器倉庫からベースを引っ張り出してきた。

こげ茶の布製ケースに付いている、ＹＫＫのファスナーを開けて、楽器を取り出すと、チューナーで弦の音を合わせていく。四弦が合ってから、ドレミファソラシドレミファソラシド、と何回か音階を繰り返した。

「すごいね。フレットがないのに、音程がわかるって」

岡本は、まじまじと紺野くんの指先を見る。ギターのネックにはたくさんの金属の横棒が入っているのに、ベースのネックはつるつるなのだ。フレットがないから、音の振動数は、紺野くんの指が弦を押さえつける位置で決まる。

「勘だね」

紺野くんは得意そうに言う。

「ふうん」

「ここにシールが付いているし」

よく見ると、ネックの脇に、小学校の先生が使うような、赤や黄色の小さな丸いシールが並んでいる。音階の目星を付けるために、誰かが貼《は》ったようだ。

「なんか弾いてみてよ」

「じゃ、チューリップの『魔法の黄色い靴』を弾くから、歌えよ」

と紺野くんは、岡本に歌わせて、伴奏をした。

君　ぼくの靴をすてて逃げて走っても
ほらね　僕の靴は君をつれてくるよ
君は知らない　僕の魔法の黄色の靴を

だから　君はもう　僕からかくれられない

可愛い歌なのだが、ベースで弾くと渋い。岡本の声だけが甘い。

「必ず自分のところへ帰ってくる靴って、こえー。そんな靴を履いてる女って、こえーよなー」

と清順が言った。

「本当だよ。彼女には、どこにいるかわかんない女であって欲しい。ほっといたら、どっか行っちゃうんだ。オレは必死で追いかけるんだ」

と紺野くんも言った。

「南田くんも、何か吹いてよ」

と岡本が言った。

「オレ、セルゲイ・ナカリャコフみたいに吹く」

清順は言った。

「誰、それ?」

岡本が聞くと、

「イケメンペット吹きだよ」

と紺野くんが言う。

「ロシアの人？　何々コフって、ロシアの名前っぽい」

岡本が質問を続ける。

「そう。オレも、顔だけはいいから」

清順は平然と言ってのける。

「そういえばさ、南田くんの友だちの女の子、『ビー玉さん』だっけ？　あの人は何人《なにじん》？」

岡本が無邪気に聞いた。

「なんで？」

清順が聞き返す。

「ビー玉って、変わった名前だし」

岡本が言う。

「ビー玉って、本名？　何々ダマって、どこの国かなあ」

紺野くんはふざける。

「知らねえ。本名じゃね？」

清順はとぼける。

「顔、日本人じゃなかったよね」

岡本が言うと、

「日本人が黄色人種のみだと誰が決めた？」

清順はわざと低くて感じの悪い声を出し、くわっと怖い顔をして見せた。

「ハーフ？　オレ、ハーフの子って好き。沢尻エリカちゃんとか」

紺野くんが言う。

「ハーフじゃなくて、ダブルっていうんだぜ」

清順が言うと、

「何それ？」

岡本が聞く。

「ていうか、沢尻エリカ？」

清順が紺野くんに聞き返した。

「顔、整ってて、可愛いじゃん。性格だって、素直でまっすぐな子なんだと思うよ。プロモーションで自分で考えたんじゃないことをいろいろ言わされて、外野から勝手なイメージ付けられてディスられて、そりゃあ苦しいだろう。あの態度で、合ってるよ。間違ってない。『べつに』って、かっけーじゃん。まだ若いのに、あの悠然とした態度は、すごい。物怖じしないってだけで、魅力だよ。『仕事だから、みんなに愛想ふりまけ』って発想はサラリーマンの感覚だよ。芸術家は『仕事だからっていっても、自分の気持ちを処理できない』っていうので当たり前。オレはエリカちゃんの味方だ。生意気な子がやってけない芸能界なんて、すたれてしまえ。だいたい、ちょっとでもモラルに反することをした人は、みんなから悪口言われてもしょうがないっていう、日本の感覚はどうかしてるよ。法律に関係なく、集合意識が善悪を決めてんじゃん」

紺野くんは、沢尻エリカの仕草を真似て、腕を組んで仏頂面をして見せた。沢尻エリカというのは、自身の主演映画の舞台挨拶で、機嫌の悪い態度を取り、インタヴュアーの質問にすべて「べつに」と答えたため、芸能ニュースを騒がせた女優だ。そのせいで仕事を干されてしまったのだろうか、最近はドラマでも映画でも見かけない。センスのある女優さんだったのに。

「さっきのキーホルダー、水に浸けてみようぜ」

と清順が言い出した。

「なんで？　トランペットは？」

岡本がきょとんとすると、

「もう、いい」

清順は首を振る。

「吹けねえんじゃねえの?」

紺野くんがつっ込む。そこであたしは、

「あたしを管の中に入れて」

と囁いた。清順は一瞬、ぎょっとしたようだったけれど、すぐに胸ポケットに指を差し込んできて、あたしを取り出した。さっき赤くなった余韻で、球面がビニールのように柔らかくなっていたので、清順の指紋がべたべたとあたしの体の模様になる。大きく開いた音の出口のところからあたしはコロンと入り、トランペットの深部へ転がっていく。

あたしは音の在り処を探った。この楽器が、気持ちよがってくれる箇所は、一体どこ?こっちだろうか、あっちだろうか、官能的に、そろろろ、そろろろ、と管の内部を触った。

清順がマウスピースに口を付けたようだ。息が下りてくる。あたしは管の中で上下運動を繰り返しながら、緊張したり、力を抜いたりした。

音はどこまでも伸びていった。開け放した窓から、校庭へ。校庭のポプラの葉に当たって跳ね返って、天空へ。雲を踏み切り板にして、星の跳び箱を越える。グーグルアースみたいに、地面が遠くなり、地球の全体図が見えてくる。

ぴょんと宇宙へ出ると、真空なので、そこで音の波動は止まってしまった。それでも音の雰囲気だけは、ドーナツ星雲まで、光に乗って伝わっていった。ブラックホールに紛れて過去へ移動して、中性子を爆発させて、それから高校へ戻って、紺野くんと岡本の耳へやってきた。

「すげー、なんだ今の演奏」

「びっくりした。なんで南田くん、吹奏楽部に入ってないの？」

二人はスタンディングオベーションしている。

清順は、自分の中学のときのつたない技術を記憶しているならば、今の素晴らしい演奏に自分でもかなり驚いたはずだ。でも、顔に出さないタイプなので、

「まあ、オレは、決まった時間に、定まった場所に行って練習すんのとか、苦手だから」

と清順が言うのは、それほど不自然に響かない。

「やろう！　オレら、文化祭で演奏しようぜ」

紺野くんが宣言した。

「ジャズバンド組もう。フォークソングはやめる」

岡本も賛成する。

「おう」

清順もうなずく。

「どうしよう。どうしたら三人で上手く合わせられる？　演奏を成功させられる？　みん

なを楽しませられる？」

　岡本が聞く。

「自分が楽しくしていればみんなも楽しんでくれる、なんて思ったら大間違い。自分を卑下したらみんなは喜んでくれる、なんて思ったら大間違い。人を楽しませるって、難しいこと」

　清順はえらそうに、そんなことを言った。


「成功したね」

　学校から家までの自転車の上で、清順の肩から話しかける。

「ビー玉のおかげかな」

　清順は籠に楽器ケースを入れていて、それを左手で押さえながら、右手だけでハンドルを切り、危なっかしく運転する。

「あたしのおかげはいっぱいある」

「そう？」

「あたしには魅力がたくさんあって、みんなにいい感じを与えている」

「例えばどんな？」

「目がグレーとか、あたしのチャームポイントなんじゃない？　顔が可愛いってのは、パワーがあるんだね。紺野くんも言ってたけど」

「ビー玉に顔なんてねえぞ」

「清順には見えてないのかな」

「チャームポイントのチャームって、語感がいくらって感じがするよな」

「いくらって？　あの、鮭《さけ》の卵のことか？」

「そう。チャームって言葉を聞くと、なんとなくイラッとする。赤いものがプチッとつぶれて、液体が流れ出てくるような、そんな語感」

「チャームか。チャーム、チャーム」

　繰り返して口の中で転がすと、「いくら」と感じる清順の気持ちが少しわかってくる。

「いくらって、ロシア語なんだよ」

「知らない。あたしは言葉をよく知らない」

「オレも言葉をよく知らない。でも、十六年間、いつもオレの周りにあるんだ。意識しないときに足や手がなくなってるってことはないのと同じで、言葉のことを考えていないときもオレの側にある言葉は消えてなくなることがない。いつでも周囲に漂っているんだ、言葉は」

「あたしはどうして言葉を喋れるようになったのか」

「オレの周りにあった言葉によってかけられた呪《のろ》い、じゃねえの？」

「それは悲しい。自立したい」

「えっ！」

清順は驚いた。あたしが自立したい、と考えるのが、そんなにおかしいのか。

あたしの本当の夢は、あたしらしく生きること。

あたしはいつか、清順から離れて、自分のスタイルで言葉を喋りたい。

「あたしもそのうち、いくらみたいに、ぷちっとつぶれるかもな。可愛がられ過ぎると、スポイルされてつぶれるんだよ、女の子は」

「今日、赤くなってたね」

「なってた」

「赤くなってるの見て、びっくりした」

「だろうね」

　夏休みの間に、何回か音楽室を借りて、練習をしたら、九月がやってきて、新学期がはじまった。休み中、清順とチクチューの関係は、花火のとき以上には、進展しなかった。

岡本が店に来ることもなかった。

清順は、七月の学期末と同じような顔つきで登校したのだけれど、岡本は違った。髪型がクリエイティヴになっていた。ダイエットもしたらしい。下駄箱の前で出くわしたので、

「どうやってやせたの？」

と清順が、一学期から置きっぱなしの自分の上履きをスノコにぽんぽんと放り投げて聞いたら、

「なわとびやったんだ」

と岡本は答えた。

「へえ」

「ひまな日は、八時間勉強して、合間になわとびやってた」

「それ、何が楽しいの？　遣り遂げる自分に惚《ほ》れるの？　自己満の世界？」

清順が上履きのカカトを踏みつけながら聞いたけれど、

「南田くんは、夏休み、トランペット以外で、何をやってた？」

岡本は答えないで、上履きをちゃんと履く。

「息」

「ふうん」

「あと、飯」

「へえ」

「あと、ビー玉と喋ってた」

「そう」

「あのさ、ベルトをもっと緩めて、ウエスト下げたら?」

清順は、岡本のズボンのはき方を非難した。

「腰ばきなんて、ばかっぽい」

岡本が答える。

「そんなの。自分があいつらにばかにされてると思ってるから言うんだろ」

清順は言った。「あいつら」というのは、ちゃらちゃらしているグループのことだと思う。


一時間目は古典で、おかっぱ頭の女の先生が、教科書の一文を黒板に写した。それから振り返って、岡本を指した。

「じゃあ、岡本、訳して。……あれ、どうしたの、岡本。頭、パイナップルみたいだけど」

先生は、心に思ったことを、そのまま喋ったようだ。素直な口調だった。そのパイナップルというのが、あまりにぴったりな形容だったので、クラス内に爆笑が湧き起こった。

かわいそうに。このままでは、また岡本がいじめの対象にされる。きっとしばらく、パイナップルがネタにされる。あたしは心を痛めた。夏休みの間に人柄を少し知ったあたしは、だんだん岡本に情が移ってきていた。


「岡本、その髪型、もうやめたら」

あんぱんを食べながら、紺野くんが忠告した。

お弁当は、清順と紺野くんと服部くんと岡本の四人で食べた。清順は剛の作ったお弁当、紺野くんはあんぱんとおにぎり、服部くんはコンビニのお弁当、岡本はやけに豪勢な手作り弁当だった。

「けど」

岡本はだし巻き玉子をつつく。

「オレがその髪型を継いでやろうか？　オレも、髪切ろうかな」

清順が言うと、

「そうしろよ。短い方がアレンジいっぱいできて楽しいぞ」

と服部くんが言う。服部くん自身、全体的に長さ三センチの、スポーティな髪型だ。

「なんで、ハチクチューに会いにこないの？」

と紺野くんが岡本に聞いた。

「まだ、勇気が出なくて」

「あっそ。いつでも来いよ、おごってやる」

「なんか、おまえら、岡本と仲良くなってんのな」

と服部くんが、少し寂しげに言った。

「うん」

清順がうなずくと、

「そう、そう。仲良くなったな。岡本、オレら、うち解けたな」

紺野くんも岡本の肩を叩いた。

「僕は今まで、人とうち解けたことってなかった」

岡本は、そんなことを言った。

「うち解けたらどうなる？」

紺野くんが聞くと、

「人に話すなんて思いつきもしなかったことが、話せるようになる」

と岡本は答えた。

いい人になりたくて話しかけてくる子。自分のキャラを守るのにせいいっぱいで保身の子。自分の立場が危うくないので「ヒーローになりたい」と思っている子。ヒーローになりたくて誰かをいじめてしまう子。「ああいう奴は無視しな」とえらそうに忠告する子。「世の中には悪い人もいるのね」なんて言う傍観者の子。いじめられていると自分では認識できない子。


「ねえ、ねえ。南田くん」

昼休みが終わって、がたがたと机を元通りに直しているとき、文化祭実行委員の女の子に、後ろから声をかけられた。セミロングのまっすぐな黒い髪が揺れている。

「何？」

清順が振り向くと、

「夏休みの間に、文化祭の準備をしてくれてたんだってね？　ありがとう」

女の子がニコッと笑った。それを聞いた清順は、苦虫を嚙みつぶしたような顔をして、

「なんで、お礼言われなくちゃなんねえの？　好きでやってただけなんですけど。クラス

メイトにお礼言われるくらいなら、オレは文化祭なんて出ない」
と言ってのけた。

好きでいてくれて構わないよ

あたしは最近、新しい食べ物を覚えた。大人な味のものだ。その名はピクルス。ハンバーガーの間に挟まっている、西洋風の漬け物だ。

「旨い」

「オレ、それ苦手。すっぱいから」

「清順は子どもだからなあ。この味はまだわかるまい」

そういう科白を発してしまってから、ハッとした。もしかしたら、清順は子どものままなのに、あたしはどんどん成熟してしまっているんじゃないだろうか？

最近、やたらと清順の言うことやることが幼稚に見えるのは、実は相対的なことで、清順が子どもっぽいのじゃなくて、あたしが大人っぽくなり過ぎているんじゃないだろうか？

ああ、もしもあたしが、飼い主の年を追い越してしまう犬や猫のように、清順よりも早く大人になってしまったら、どうしたらいいの。清順は、早く年老いてしまう女を、愛せるほどの人間だろうか？

人間とビー玉では、時間の流れ方が違うとしたら、大問題だ。

「ビー玉、最近、お姉さんぶるよね。なんで？」

「なぜだろう」

「お姉ちゃんの真似してんの？　オレがシスコンだから、お姉ちゃんの真似をすれば、オレから好かれるとか、安易なこと考えてんじゃねえの？」

「は。考えてるかも。あたしの思考回路には、亜美が混じっている」

「ビー玉はビー玉のままでいいんだよ。ビー玉らしさを大切に」

「どうした、清順。なんで、そんな自己啓発書みたいな科白言うの？『君はそのままでいいんだよ』系の言葉、嫌いじゃなかったの？　宗旨変えした？」

「いや、嫌いなままだけど。今、ふざけて言ってみた。それに、ビー玉が、そういうことを言って欲しそうな顔をしたから。こういう言葉ってやっぱり、需要があるから蔓延《はびこ》っているんだな。ビー玉みたいに『あたし、あの人に似合わないいんじゃないか』って小さくなってる、やばい女が、『そのままの君が好き』って、言われたがってるんだな。自信持ってない女って、周りに迷惑だよな」

「あたしは、そんなこと思ってないよ。むしろ、あたしみたいな立派なビー玉には、自己欺瞞《ぎまん》に溢れた清順ごとき人間なんて、ふさわしくないな、と考えている。こんな男を好きになっちゃった、自分の将来が不安だ」

あたしは、清順がティッシュの上に置いてくれているピクルスを、端からかりかり齧《かじ》っていく。

輪切りの直径が、あたしの直径の倍ほどもあるので、一枚で充分、ハラがいっぱいになる。ビネガーのすっぱさと、ケチャップの甘さが、舌を乱れ打ちしてくる。歯を立てて、かりかりかりかりかりかり、食べていく。

「旨い」

「ピクルスと似た名前の魚がいるよ」

と清順が言う。

「誰？」

「ピラルク」

「ピラルク？」

「めちゃめちゃでかいんだ。アマゾン川にいるんだ。生きた化石、ピラルク」

「ふうん。ピラルクも食べたいなー」

「ピラルクは無理じゃね？　逆に食われるよ。オレだって食われそうなくらい、でかいんだから。ビー玉なんて、川の泡みたいなもんだよ」

「食われたあと、あたしは中からハラを齧って、また逆にピラルクを食ってしまうよ」

「こええなー」

清順はピクルス抜きのチーズバーガーにかぶりつき、ポテトをつまんでいる。今はバイトの休憩中だ。今日は水曜日で、ここはクルールームで、これは夕ごはんだ。

食べ終わってから、店内に戻る。清順は、夕方六時から十時まで働く。途中、七時半から三十分間の休憩をもらうのだ。

「休憩ありがとうございますー」

清順が、帽子をかぶって、手を洗ってから、店に入っていくと、

「おかえり」

チクチューが挨拶を返す。

そこに客が入ってきた。

「いらっしゃいませこんばんは。こちらでお召し上がりですか？」

チクチューは応対する。

「はい。ベーコンエッグバーガーセットをひとつ、お願いします」

客は、メニューの写真が載っているシートを指さす。チクチューは、レジの画面の、ベ

ーコンエッグバーガーの写真を押す。

「ベーコンエッグバーガーセットをおひとつ。ポテトのセットでよろしいですか？」

「はい」

「セットのお飲み物は何になさいますか？」

「コーンポタージュで」

「コーンポタージュスープをおひとつ」

そう言いながら、レジの下に付いている引き出しを引っ張って、スープ用のマドラーを取り出し、コンディメントを入れるケースに用意する。

「五百八十円になります。少々、お待ちください」

一礼してから、チクチューはくるりと振り返り、

「ワンベーコン、プリーズ」

とキッチンに向かってコールした。

「ワンベーコン、オーケー」

と返事して清順は、グリルでパティとベーコンを焼く。

その間に、チクチューはマシンでスープを作り、ポテトをケースに詰め、セットの準備をする。

「ベーコンでーす」

清順はできあがったベーコンエッグバーガーを紙で包み、銀色の滑り台の上を滑らせ、チクチューに届ける。

「ワンベーコン、サンキュ」

チクチューはそれを受け取ってくるりと前を向き、トレーにのせると、

「お待たせいたしました」

にっこりして、客に渡した。

キッチンに注文を伝えるときは「プリーズ」、キッチンからバーガーを受け取るときは「サンキュー」と挨拶する決まりなのだが、チクチューの「サンキュ」は音引きがない。短く発音し、語尾を下げる。

他の女の子たちが、キャーキャーと高い声で仕事をしている中で、チクチューの、いつも冷静沈着なアルトの声は、大きな声ではないのに、聞き取り易い。

しばらくして、忙しいときが過ぎたあとの凪《なぎ》の時間に、チクチューが、トレーを布巾《ふきん》でキュキュッと拭きながら、

「南田くん」

と清順に話しかけてきた。

清順はキッチンの時間が終わって、カウンターに出てきていた。バイト中は、常に動いていなければいけないので、ストローの補充などをしながら、

「はい」

と清順は返事をした。

「さっき、岡本くんが来てたの、気がついた？」

「え？　気がつかなかったです」

「ひとりで岡本くんが来て、ベーコンのセットを食べていったよ」

「そうなんですか？」

「学校の制服着てた」

「はあ」

「そのとき、『十一月の文化祭で、南田くんと紺野くんと一緒にライブをやるので、ぜひ聴きにきてください』って誘われた」

「そうなんですか？」

「だから、『行くよ』って答えた」

「そうですか」

「よかった？」

「はい、もちろん。ぜひ遊びにきてください。駅からちょっと歩くし、畑の中にあるし、建物も古いし、しょぼい高校なんですけど」

「行くよ」

すると、清順はサッと頬を紅潮させた。


その次の日の放課後、清順と紺野くんと岡本の三人は、文化祭に向けて音楽係の練習をしようとして、職員室に頼みにいった。だが、音楽室はすでに吹奏楽部が使用していた。ベースは貸してもらえるというが、どこで弾こう？ 「人目に付くところで吹くのは恥ずかしい」と清順が主張したので、結局、駅前のカラオケボックスまで行くことになった。ただ、ベースを運ばなくてはならないのがきついので、紺野くんはぶつぶつ言った。それでも二人からなだめられて仕方なく、四階の音楽室でベースを借り、階段をぐるぐる下りて、運び出した。

「清順、今日は長袖だな」

と校門を抜けてから、紺野くんが言った。

「オレはいつも長袖だよ。おまえらと一緒にすんな」

と清順は答えた。清順は三日前から長袖だ。紺野くんと岡本はまだ半袖である。

あとでベースを返しに学校へ戻ってこなくてはならないので、自転車を駐輪場に残したまま、三人とも歩いた。畑の脇の車道を、一列になって進む。

「岡本」

清順が声をかけた。

「何？」

岡本は振り返る。

「昨日、うちの店に、来た？」

清順が質問すると、

「行った」

岡本はうなずく。

「え？　岡本、来たの？　すげー、やるなー。チクチューと進展あった？」

紺野くんが後ろから声をあげる。

「進展っていうほどのことは……」

もごもご言う。岡本の頭は相変わらずパイナップルのようだ。

「岡本が、チクチューさんを、文化祭に誘ったらしいよ」

「そう。来てくれるって」

「まじでー、岡本、やるじゃん」

「『僕のライブに来てください』って言ったんだよな？」

「『僕の』とは言ってないよ。『みんなでやるので』って言ったんだ。……南田くん、それ、チクチューさんから聞いたの？」

「岡本、よく言った」

「そう。チクチューさんが言ってたよ」

「なんか、恥ずかしいな。筒抜けなんだ？」

「岡本、頑張ったよ」

そうこうするうちに駅前に着いた。この高校の最寄り駅周辺には、小さな庶民派デパートや、食べ物屋がたくさん入ったビルなどがあり、まあまあ栄えている。清順たちがバイトしているファーストフード店のある駅の方が地味だ。

カラオケボックスに入る。紺野くんが部屋を借りる手続きをしてくれた。名前の欄に「ミナミダ」と勝手に書かれたので、清順は少しハラを立てた。

マイクとリモコンの入った籠を受け取り、部屋に入る。

特殊な照明で照らされているようで、部屋の中では、白い色だけが妙に輝く。清順の長袖シャツの白さが、周囲から浮いて見える。あたしの体も光るかな、と期待したけど、透明は透明のまましく、とくに光りはしなかった。

ワンドリンク制なので、清順はカルピスソーダ、紺野くんはウーロン茶、岡本はグァバジュースを頼んだ。

各々が楽器のセッティングをしているところに、カラオケ店員が、コップを三つ、トレーにのせて、部屋へ入ってきた。三人の前に、トン、トン、トンとコップを置くと、

「失礼しました」

と出て行く。ドアが閉まったあと、

「歌を歌ってないから、怒られるかと思った」

岡本が首をすくめた。

「べつに、平気だろ。金払ってるのは、こっちなんだから。部屋をどう使おうと、勝手だろ」

清順は平然としている。

「でも、エロいことはしちゃいけないんだよ」

紺野くんが言った。

「そうなの？」

清順が聞くと、

「風営法に引っかかるから、許可を取ってない場所を、客のエロいこと用に貸すことはできねえんだよ。オレの友だち、カラオケ屋でバイトしてんだけど、見回りして声がけするって言ってたよ。ラブホに行く金がないカップルがカラオケ屋に来て、そういうことしようとするんだって。それで、店員は、そういう行為になりそうなところを見かけたら『すいませーん。大丈夫ですかー』って、ドアの外から声かけなくちゃいけないんだって。意外と、おじさんとおばさんがやってるんだって。だから、声かけにくくて、困るんだってさ」

紺野くんはそんなことを喋る。

「へえ。でも、楽器の演奏は構わないんだよね？」

と岡本が言った。

「カラオケ屋で楽器弾く人って、結構いるらしいよ」

と紺野くんはうなずいた。

清順はカルピスソーダの中に、あたしをコロンと落としてくれた。あたしはコップの中で、泡を食べた。泳ぎまくると、紺野くんと岡本にばれる可能性があるので、マリモのようにゆっくりと水底《みなぞこ》を移動した。どんどん食べたので、カルピスソーダは気が抜けて、すぐに、ただのカルピスになった。

そして、三人はそれぞれ基礎練習で指ならしをしてから、一曲合わせた。

「いいねー」

紺野くんが言う。

「いい感じだね」

岡本がうなずく。

「オレらの演奏をチクチューさんに聴かせて、岡本はどうしたいの？」

清順が聞くと、

「どうしたいって……。心を込めて演奏するのを、聴いてもらいたくて」

と岡本は答える。

「そんなんだったら、ラブソングをやった方がいいんじゃねえの？」

紺野くんが聞くと、

「実は、ラブソング、やりたいんだ。歌いたいんだ」

と岡本は素直にうなずいた。

「歌う？　歌唱ありの曲なんて、やんねえよ」

清順はむっとする。

「詞を書いたんだ」

岡本はかまわず続ける。

「えー。チクチューに捧《ささ》げる歌？　見せて、見せて」

紺野くんが囃すと、岡本はスクールバッグを開けて、ルーズリーフを取り出し、その中から一枚、紙を抜き取った。

「これなんだけど」

岡本は恥ずかしそうに、その紙をテーブルにのせた。

前髪上げたおでこが光る
夏の夕方
僕はまっすぐ見られなかったよ
浴衣の袖がさらさら揺れる
青い瞼　キラキラの爪
近づけそうにないよ

レストランで浮いている君の微笑《ほほえ》み
秋の夜長

僕はたくさん注文するよ
働き者がくるくる動く
制服の胸の名札を盗み見
あだ名の由来がわかったよ

これを読んで、清順と紺野くんは爆笑した。

「なんだ、これー」

「よく書けるなー、こんなの」

「素で書いてんの？　ウケ狙ってんの？　どっち？」

「愛だなー。愛の歌だなー」

そういう感想を聞いて、岡本は俯き、

「変かな。やっぱり」

としょげた。

「オレらの店はレストランじゃないよ」

清順が指摘すると、

「だけど、『ファーストフードのお店』にすると、歌詞としては長過ぎるから」

と岡本は答える。

「チクチューの微笑みが、店で浮いてんのは事実だよ」

と紺野くんは言った。

「そうなの？」

岡本が聞くと、

「うちの店、メニューのところに『スマイル0円』っていう、変な表示が付いてんじゃん。笑顔が売りです、みたいな。それで、カウンターに『スマイルください』って、ふざけて言ってくる客がいるんだよ。まあ、たいていは、罰ゲームで友だちから言わされてます、って感じの中高生かなんかで、悪気はなさそうなんだよ。だから、オレらも適当に、『はいー』ってニコッとして、流してんだよ。だけど一度、チクチューが客とケンカしちゃったことがあってさ。『スマイルください』って五十代くらいの男が来てさ、『スマイル品切れです』ってチクチューが真顔で答えたら、『愛想ねえなー』って客が言って、『にこにこ笑うことだけがサービスじゃないです』ってチクチューが言っちゃって、『こっちは客だぞ。バイトの女の子じゃ話になんねえから、店長呼んでこい』って話になって、店長が出てきて、客に謝ったんだよ。それで、やっとチクチューも形だけ謝ったんだ。でも、客が帰ったあとで、『女の子がへらへら笑ってれば日本は平和、みたいに思ってんだな。女の仕事は笑うことだけ、っていまだに思ってんだな』ってぼそっと言ったから、カウンター内が地獄みたいな空気になっちゃって。そのあと、店長とチクチューはクルールームに引っ込んで、長いこと話し合ってて。まあ、チクチューは仕事ができる人だからさ、クビにはなんないんだよ。でも、さすがにちょっと反省したらしくて、そのあと、わりと笑うようになったんだよ。でもね、やっぱね、浮いてんだよね」

紺野くんがそう言うと、

「へえ」

と岡本がうなり、

「そんなことがあったんだ」

と清順も遠くを見るような目つきをした。

「あのさ、この歌、曲はできてるの？」

紺野くんが聞いた。

「うん」

そして、岡本はギターを構えて、歌った。ものすごく甘く。

それを聴いて、清順と紺野くんはスタンディングオベーションをしながらも、めちゃくちゃに爆笑した。

「こんなの、プログラムに入れねーよ」

清順は、厳しいことを言った。

「なんで？　そんな駄目か？」

紺野くんは、歌わせたいらしい。

「私情を、公共の音楽に乗せて流すなよ」

清順が、はっきりとつっぱねた。

「わかった」

岡本は潔くあきらめて、ルーズリーフに詞の紙をしまった。それから、また曲の練習に戻った。

二時間やってから、部屋を出た。清順はあたしを残して、いったん、トランペットケースだけを持ってそのまま出て行ってしまいそうになり、ハッとして戻ってきた。コップからあたしを取り出し、ティッシュでキュキュッと拭いた。

「体がべとべとする。なんか、白っぽくなっちゃって」

あたしが話しかけると、

「ごめん」

清順はティッシュに包んだまま、ポケットにあたしをつっ込んだ。「あたしを忘れそうになったでしょ？」という科白は、さすがに怖くて、言えなかった。

翌週の月曜日、またファーストフード店で、清順はバイトをした。いつも通りに十時で上がる。

チクチューはクローズまでやるので、おそらく帰りは、十二時近くになる。

着替えてクルールームを出たあと、清順は自転車に乗らないで、駅の反対側に向かって歩き出した。

「どこ行くの？」

あたしが聞くと、

「ファミレス」

清順は答える。

「なんで？　高校生が夜中まで出歩くの、よくないよ。帰ろうよ」

「ジュースあげるよ」

「炭酸のこと？」

「そう」

「剛が心配するよ」

「じゃ、メールしとく」

清順はスクールバッグからケータイを出して、カチカチとメールを打った。遅くなると家に伝えたようだ。

それから、ファミリーレストランに入り、四人席にひとりで腰を下ろした。

「ドリンクバーをお願いします」

と店員に注文して、立ち上がり、コーヒーマシンでコーヒーをカップに入れ、ジュースのマシンで炭酸水をコップに注ぐ。

「ストローいる？」

と聞かれたので、

「一応いる」

と答えた。すると、白地に赤い縞《しま》のあるストローをコップにさしてくれた。

テーブルに戻ると、清順はスクールバッグからスチュアート・ダイベックの『シカゴ育ち』という本を出して、読みはじめた。

あたしはストローをつたって、コップの中に滑り下りた。泳ぎながら、泡を食べる。

水面に浮き上がって、

「清順、ストローであたしを吸ってみて」

と甘えてみた。

「いいよ」

清順はストローをくわえて、その先っちょをあたしの丸い体にくっ付けて、ぐぐーっと吸い込んだ。すると、ストローによって、あたしの体が持ち上がった。

「あはは、面白い」

「そう？」

清順はギュッと吸って持ち上げたあと、ふっと吹き出してあたしを水中に落下させ、そのあとまた吸って持ち上げて……、と繰り返した。

「あはは、あはは」

「痛くないの？」

「ちょっと痛いくらいが気持ちいいんだよ」

「ふうん」

「もっと、強く、吸って」

「わかった」

「あ、あ、あ」

吸われると気持ちいいので、あたしは声を出した。

清順はあまり相手をしてくれず、また本の中の文章を目で追う。しかし、ちっともページをめくらない。どうやら、読んではいないらしい。何か、考えごとをしているのかもしれない。

十一時半になると、レストランを出て、またファーストフード店に戻った。

駐輪場のところに、ぼうっと立っていると、チクチューが出てきた。まだ制服を着ていて、手には大きなゴミ袋を三つ持っている。ゴミ捨て場に、ゴミ袋を置きながら、

「南田くん、まだいたの？」

チクチューが声をかけてきた。

「はい。ちょっと、ファミレスで勉強してたんです。明日、テストだから」

清順は答える。

「そうなんだ。だったら無理して、バイト入ることないよ。『テスト前です』って言ったら、店長は、結構、配慮してくれるよ」

「まあ。大丈夫なんです。オレ、もともと、勉強できるから」

「すごいね」

「今、話せます？」

「話？」

「仕事終わったんだったら、送っていきます」

「えーと。もう終わりなんだけど……。そしたら、駅前のローソン辺りにいてくれない？すぐに他の人たちも、ここに出てくると思うし、一緒のとこ見られると変に思われるし。私、着替えたあと、ローソン行くし」

「変に思われますか？」

「ここ、若い子ばっかだし。すぐ、くだらない噂立てて遊ぶから。面倒なの」

「わかりました。ローソンにいます」

清順は、ガッシャンと自転車を出すと、手でカラカラと押して、ローソンまで移動した。チクチュー自身だってまだ若いのに、「若い子たちが」なんて気取って何言ってやがる、とあたしはむしゃくしゃした。嫌な予感がする。

青い光の下に、駐輪して、店内へ入る。「ヤングジャンプ」を立ち読みしていると、やがてチクチューが現れた。

赤い自転車を押して、グリーンの長袖チュニックの下にグレーのショートパンツを合わせ、黒のパンプスを履いている。窓越しに、清順に向かって、手を振ってくる。

清順はマンガから顔を上げて、ちょっと表情を強張《こわば》らせたあと、手を振り返し、マンガを棚に戻して、店の外へ出た。

「お待たせ」

チクチューは、いつも通りの声で、にっこり笑った。

「クローズおつかれさまです。遅くまで大変ですね」

清順はお辞儀する。

「うん。おつかれさま」

チクチューも、軽く頭を下げた。

「すいません。わざわざ来てもらって」

清順はもじもじしている。

「私のうち、あっちの方なんだけど。南田くんは？」

チクチューは道の先を指さす。

「オレは、こっちの方です」

清順は自分の家がある方を指さした。

「逆じゃん」

「送っていきます」

「そう？　自転車で五分。歩いて十分くらいかな。マンションなの」

「ひとり暮らしですか？」

「ううん、母親と、妹と、三人暮らし」

「じゃ、そこまで行きます」

「話あるなら、自転車押して、歩きながら聞いていい？」

「はい」

清順は、いそいで鍵を外してハンドルを握り、自転車を出した。

商店街の中を歩く。シャッターの下りている、薬屋や八百屋の前を抜けていく。チクチューはひとりで帰るときに怖くはないのだろうか？　街灯があるので、そんなに暗くはないけれど……、とあたしは心配した。

「何？」

とチクチューが話を促す。二台の自転車の音が、カラカラカラカラ響く。

「は？」

清順は聞き返す。

「話って、何？」

「あの……。なんていうか……。チクチューさんが好きなんです」

「南田くんが？」

「はい」

「南田くんが、私を？」

「そうです」

「ありがとう」

「迷惑ですか？」

「そんな。迷惑じゃないよ。南田くんの感情だから、私がどうこう言うことじゃないし、自由だよ。ただ、私、年上だし。……南田くん、クラスに可愛い子いないの？」

チクチューは自転車を止めて、清順の顔をじっと見る。

「クラスの女の子は、うるさいし、余計なことを言うし、価値観押し付けてくるし……。いや、それは関係なくて、ただ、バイトしてていつも、チクチューさんのこと、可愛いなって、オレ、本当、思ってて。仕事教わるの、楽しくて。花火誘ったら来てくれて、すごい、嬉しくて。好きだ、って言いたいな、って、ずっと、……ずっと、思ってて」

清順も、チクチューを見つめ返す。

夜空には、青や赤や白の星が点々と光っている。

「うん。好きでいてくれて構わないよ」

「はい」

「もう着いちゃった。そこのマンションなんだ」

住宅街の中にある、タイル張りの、五階建てマンションを、チクチューは指さした。

「そうですか」

「ありがとね」

チクチューは手を振ってきた。

清順も振り返した。

「じゃ、また」

「またね、水曜日ね。気をつけて帰ってね」

「はい」

清順は自転車をまたいだ。くるりとUターンして、家に向かって漕ぎ出す。

あたしは清順のポケットの中でじっとしていた。いつものように、肩に乗って飛び跳ねる気には到底なれなかった。

無限の未来

あたしは清順の枕のひだひだに潜って目を閉じた。

清順が、自分の思いを言葉にできた、ということに、あたしは正直なところ、驚いていた。

悔しくもあった。清順があっさりやってのけたことを、自分はできていない。あたしは清順に、好き、好き、と言えども、それは本当に「言っている」というだけのことで、決して「気持ちを伝える」ということに至っていない。相手にぶつかっていっていないのだ。清順は、あたしのことを、女として意識していない。その意識していないということを利用して、あたしは側にいる。好意を顔に出しているけれど、清順がそれに反応しなくても構わない、という態度を取ってしまっている。あたしは臆病《おくびょう》なのだ。あたしは守りに入っているのだ。

関係を築くというのは、こういうものではない。気持ちを伝えるというのは、こういうことではない。

あたしも、いつか、行動に出たい。

結局、あたしの目は、閉じても冴えたまま、眠らないうちに朝がきた。清順は、気持ちを伝えられてすっきりしたのか、ひと晩中ぐっすりと寝ていた。

登校して、教室に入り、岡本を見つけると、

「岡本、おはよう」

と清順は何食わぬ顔で、自分の机の上に、スクールバッグを投げのせながら、挨拶をした。

「おはよう、南田くん」

窓際に立っていた岡本が、振り返って、返事をする。窓の外はきれいに晴れ上がっていて、岡本の顔は逆光になって、よく見えない。

「あのさ」

「何？」

岡本は聞き返す。

「チクチューさんのことだけど」

「ああ……。うん、あの歌を歌うことは、あきらめたよ」

「いや、チクチューさんのことだけど」

「うん」

「オレも好きだから」

「ええー！」

岡本は絶叫した。

あたしは耳をふさいだ。ビー玉の耳は、耳たぶがなくて、気泡のような穴があるだけなので、ふさぎ易い。

「それで、オレ、本人に伝えたから」

清順はまっすぐに言う。

「ど、どの部分を？」

岡本はつっかえながら聞く。

「だから、オレがチクチューさんのことが好きってところ」

清順は、堂々と宣言した。

「あ、ああ。そう、そうなんだ。僕も好きっていうのは？」

岡本は挙動不審になっている。

「なんでオレが、岡本の気持ちまで伝えなきゃなんないわけ？」

清順は片眉を上げた。

「そうだね。僕は僕のやり方で僕の表現をしなきゃ」

岡本は頭をかきむしって、セットしてある髪を滅茶苦茶にしてしまった。

「へえ。頑張って」

クールに言う清順は、岡本を自分より一段低く見ているみたいで、対等なライバルとは感じていないように、あたしからは見える。

「で、つき合うの？」

岡本は質問した。

「つき合う、って何？」

「え？　だって、つき合ってください、って言ったんでしょ？」

「言ってねえよ。『オレはチクチューさんが好き』ってことだけだよ」

「じゃあ、つき合わないんだ」

「つき合わねえよ」

と清順が言い放って、

「ふうん」

と岡本がうなったところで、チャイムが鳴り、朝のホームルームとなった。あたしは清順の、岡本に対する冷たさに小さな憤りを覚えた。

担任の津田がやってきて、

「おはようございます。今日もいつも通りですが、三時間目のホームルームに、先輩たちが来てくれて、受験の話をしてくれるから、失礼のないように。みんなも、来年は大学受験です。各々、ある程度は志望が決まっているんじゃないかと思いますが、自分の個性と照らし合わせて、再度、将来のことを考えてみてください」

と挨拶した。すると、

「個性ってなんですか？」

と清順が、またつっかかった。

「それぞれの、特性、というのかな……。自分の良さ、っていうのを、誰もが持っているはずだから……」

津田がもごもご言う。

「『教育が個性を大事にしていくようになっていっている』と言うけれど、本当にそうでしょうか？　あの子は明るく積極的でよし、こっちの子は暗くて消極的だからもっと頑張るように指導しよう、そういったラベリングは、個性を尊重した行動とは言い難いです。個人の特性を、教育者が見つけ出すというのもおかしな話です。先生がクラスのひとりひとりを理解するなんてことは、不可能です。オレは教師に向かって『頑張れ』と言いたいわけではなくて、『今のシステムでは、それは不可能なことである』ということをわきまえて欲しいだけなのです。教育者は自分ができることと、頑張ってもできないことを、ちゃんと認識するべきだと思います」

清順が八つ当たりのように喋った。

「ああ。はい、はい」

津田は言う。

「個性というのは、『明るい』だとか『理系』だとか、何人かを一緒にまとめて表現できるような言葉では、言い表せないものなんです」

清順はしつこい。

「わかりました。じゃ、その話はまた今度。もう一時間目がはじまるので、先生は職員室へ戻ります。じゃ、また三時間目に」

そう言って、津田は教室を出て行った。

一時間目は生物だ。

生物の先生は加藤という人で、死にそうな体をしている。背も低めで、白衣を着て、ちょこちょこと黒板の前を行き来しながら、授業をする。

今日も嬉しそうに、体の弱い話を繰り広げていた。

「僕には胃潰瘍《いかいよう》があって、他のところもあちこち弱くて、だから朝ごはんはビタミン剤で、昼ごはんはカロリーメイト。実際のところ、カロリーメイトはもう飽きました。だけど、他に食べたいものもないし……。僕は体重が四十七・五キロなんです」

こういう話を、生物の話の合間に織り込んでくる。

ときどき、授業中に、

「ちょっと、薬、飲んできます」

と言って、教室を出て行ってしまうこともある。そんなとき、クラスのみんなはクスクス笑った。

「僕が高校生だったとき、社会の先生が授業中にいきなり血を吐いて、倒れてしまったことがあるんです。そのまま死んでしまって、僕もお線香をあげにいきました。みなさん、僕が死んだときも、お線香の一本はあげにきてくださいね」

加藤先生が真面目に言うので、みんなはうなずいた。

「僕は小さい頃から体が弱くて、『二十歳までの命だ』と医者に言われていたんです。だけど、二十歳を越えても死ななかった。僕はもう三十二歳です。人はそんなに簡単には死なないということがわかりました。

今は、おまけをもらったみたいな気持ちで、楽に生きています。

僕は自分が死ぬことは怖くないけれど、痛いのは嫌いだから、自殺のことは考えたことがありません。最近、何かあるとすぐに自殺をしようとする人がいるけれど、そんなのって信じられませんね。首吊《くびつ》りなんて、ひどいですよ。筋肉が弛緩《しかん》するから、出るものが全部、出てしまう。まず、涙が、だーって出て、おしっこ漏らして、うんこも漏らして。見つけた人はたまったもんじゃないですよ。

まあ、自分はもう死んでしまっているから、構わないのかもしれないけど。でも、やっぱり、恥ずかしいでしょ？　飛び降りだって、嫌ですよ。脳みそを人に見せびらかして。自殺では、決して、きれいな死に方はできないんですよ」

と先生は教卓に手を置く。

「僕は、教壇で倒れるのが本望なんです。病院で死ぬのは嫌です。だって、病院って、生き返らせようとするでしょ？　僕は小さい頃に、死と生の狭間《はざま》を彷徨《さまよ》ったことがあるんですけど、気持ちいいんですよ。このまま向こうへ行けば楽なんだな、って思いました。でも、生き返らせられたんです。そうすると、すごく辛《つら》いんですよ。痛くて。生き返らせられてからが、本当に大変。痛くてたまんないんです。病院とは違い、教壇でなら、ばったり逝けますからね。教壇で死にたい。でも、自殺は絶対しないですよ。寿命で死にます」

と言ってから、先生は我に返ったように、教科書をめくりはじめ、

「いや、申し訳ない。個人的なくだらない話をしてしまって」

と照れながら、エンドウマメの遺伝の図を黒板に書きはじめた。「いや、申し訳ない」というのは、加藤先生の口癖で、生物の授業に頻出する。

二時間目は英語だ。

このクラスは特進文系クラスなので、清順もやっぱり、国語と英語が得意だ。ただ、なぜか授業中に脱線する先生が多く、受験に燃えているという雰囲気は、どの授業にもない。英語の中本先生は髪の毛の薄い、おなかの出た、四十歳前後の男の先生で、明るく饒舌《じょうぜつ》だ。

今日は、先生の結婚までのいきさつと、結婚三ヶ月目の火事の話が、授業のメイントークとなった。

中本先生は、教え子（先生自身は「教え子ではない。妻は学校にいたけど、オレは担任

ではなかったし、授業も受け持っていなかったから」と言い張っている）と結婚していて、そのことをクラスのみんなが知りたがったので、話してくれた。

「オレの奥さんは以前この高校にいて、おうちの事情で大学進学はできなくて、就職することになって。それと、また別の事情があって留年していて、そのとき、もう十九歳だったんだ。それで、いろいろ相談に乗っていて。

　ある日、帰りが遅くなったから、オレの車で家まで送っていったのね。助手席に乗せて。オレの車はろくに掃除してなかったから、汚れてて。それで、『じゃあ』『さよなら』って、向こうの家の前で相手を降ろしたあと、ひとりで車を走らせているときに、ハッと気がついたんだ。フロントガラスの前の、こう、棚みたいになってるところあるでしょ？　その、ほこりが溜まっているところに、指で『すき』って書いたあとが残っていたのね」

　先生がそう言ったところで、教室はどっと沸いた。

「それで、結婚して、一緒に住むようになって。でも、結婚三ヶ月目のときに、隣りの部屋から、火が出たんだよ。どうやら、隣りの部屋に住んでいた人が、酔っ払って煙草を吸って、そのまま寝ちゃったらしくて、火事になっちゃったみたいなんだ。オレと奥さんは寝てたんだけど、周りのワーワーいう声で起きて、急いで逃げようとしたんだよ。オレの奥さんは、貴重品を取ろうとして、ジュエリーボックスから、結婚指輪だけ取り出して、それを握りしめて、走って外に出たんだよ。でも、よく考えたら、ジュエリーボックスごと持って出ればよかったんだよ。ああいうときは、慌ててるから、わざわざ箱を開けて、指輪だけ取り出すもんなんだね。消防車がやってきて、火を消してくれて。そのあと警察も来てさ、『死体を確認してください』って、オレを連れていくんだよ。仕方ないから、見たんだけど、真っ黒に焦げていて、今でも忘れられないよ。焼死体って、ひどいものだよ」

という話をした。

三時間目はホームルームだ。

今年、大学に受かった先輩が三人、わざわざ教室へ遊びにきてくれて、「どのように受験勉強をしたらいいか」について、話してくれた。男の子が二人と、女の子が一人だ。

一番目の人がぺらぺらと三十分間、喋りまくった。

二番目の人は緊張していた。手が震えていた。十分ほど話して、交代した。

三番目の女の子は、五分しか喋れなかった。

四時間目は、世界史だ。

世界史は、志村という、五十歳前後の、ロマンスグレーで、ちょっとおしゃれなスーツを着ている、男の先生だ。

いつも、妙に肩に力が入っていて、今を歴史と照らし合わせて、現代社会を理解しよう、というようなことを、声高に言う。「こんな風に授業をしながら、未来ある若者に何かを託したい」というような熱が感じられる。

「でも、こんなことやっていても、大学行って歴史やれば、教科書に載ってることが嘘だってこと、すぐにわかるよ。今の教育システムは、大学でやってることが、中高に下りてこないんだよ」

と言っていた。


昼休みのあとは、五時間目の数学だ。

数学の高木先生は、サラリーマンのような風貌《ふうぼう》で、七三分け、黒縁眼鏡の、四十代半ばの男性だ。

「僕は、自分が高校生だったときは、受験勉強を全然しなかったんですよ。塾にも、一応通ってたんだけど、ほとんどさぼってたんです。塾のビルの前に、パチンコ屋があって、だから、いつも、ふらふら店に入っちゃって、パチンコをやってたんです。そのまま、三年生の二月になって、国立大学に、落ちちゃったんですね。当たり前なんですが。

そのときにはじめて『ああ、受験って、落ちるものなんだ』って気がついて、それから私大受験に向けて一日十四時間勉強をしたんです。そしたら、A大に受かったんです。『受かった!』とわかったら、すぐに庭で教科書を全部燃やしました。

それで、A大に通って、卒業間近になってから、『教師にならないか?』って、人から誘われてね。なることにしたんです。それで、そのための講座を受けたら、その担当教授と、ケンカしちゃったんです。だから、その講座はやめて、他の大学の同じ講座で勉強したんですよ。

そっちの先生はいい人で。それ以後、その講座を一緒に受けた仲間で、一年ごとくらいに、集まるようになったんです。そのうち、何年かしたら、僕と、もうひとり女の子だけ残して、他のみんなが結婚してしまったんですね。それで、僕はその残った女の子と結婚したんです」

そこでひと息ついて、考える風に腕組みをした。高木先生は、生徒にも必ず敬語を使う。

「みなさんも、一度は結婚してみるものですよ。『この人はこういう風に考えるのか』と日々、発見があって、面白いですよ」

それから、先生は、今はギター教室に通っているだの、ガンダムが好きだの等々、趣味の話をした。毎年、センター試験を受けることも趣味にしているそうで、いまだに勉強を続けているらしい。

放課後の駐輪場で、自転車の鍵を外すために、清順がしゃがんだ。あたしはポケットから出て、清順の肩に乗った。

「大学に進学する人の中には、何をやりたいのかまだわからない人が、いっぱいいると思う」

あたしは声をかけた。

「それで、大学に行ったあとに、やりたいことが見つかったら、中退してもいいしね。それが見つかっただけでも、大学へ進んだ意味はあるよね」

清順は言って、自転車にまたがった。

「あるよ。今はチャンスだよ」

「勉強だけしてればいいっていう時間も、勉強すれば頭も良くなるし大学にも行けて一石二鳥っていう時期も、今をおいて、この先もうないと思うから、今の状況を楽しみながら、勉強した方がいいんだと思う。本を読んだり、友だちと喋ったりすることも、受験に役立つんだと思う」

清順は自転車を漕いで、家路を急いだ。

家に帰って、剛の作ったドリアを食べながら、

「オレ、受験勉強は、ちゃんとしようかな、と思いはじめた」

清順が言った。

「それで、行く大学は、決まったの？」

清美は話した。

「ときどき、『なんでお母さんはこんなこと話すんだろ』って思うとき、あるよ。きっと、脳《のう》みその表面だけで話してんだろうな。深く考えてから喋るときは本当に面白いことも言うお母さんだけど、だらだら喋ってるときのお母さんは、他人から聞いたことをそのまま話したり、今日あった出来事を思いつくままに細かいところまで喋ったりして、つまんねえんだ」

清順は答えた。

「もう。なんでもいいけど、後悔しないように、自分の進む道は自分で考えなさいよ」

清美は清順を見つめた。

翌日のホームルームは文化祭の話し合いにあてられた。

文化祭実行委員の女の子が、黒板の前に立った。

「十一月の文化祭について、話し合いたいと思います。うちのクラスの出し物は、『スター・ツアーズ』です。では、夏休みの間にやった、それぞれの仕事について、係ごとに、発表してください」

するると、

「はい！」

男の子が手を挙げる。うるさくて、目立つ子だ。

「はい、大道具係の木村くん」

実行委員の子が指す。

木村くんは立ち上がって、

「大道具係は、休みの間に、骨組み、作りました。簡単に言うと、台の上に取り付けた、おみこし風の乗り物です。四人乗りです。椅子をつないで作りました。なんと言っても、一番大事なのは安全面なので、がっちり作ったつもりですけど、キャストAの人は、あまり揺らし過ぎないでください」

と言った。

「ありがとうございます。それ、持ってきてもらえましたか？」

実行委員の子が聞くと、

「はい」

そう言って、廊下に用意してあったらしい、「みこし」を、四人の男の子がかついで、教室の中へ運んできた。

「すげー」

「よく作った！」

とクラスの中で歓声が湧いた。

椅子が四脚、がっつりと板にくくり付けられていて、その横から持ち手が六本、伸びていた。六人で揺らすものらしい。

「これは、まだ骨組みです。これから段ボールで飾りを作って、ペインティングして、それらしく見せます」

と木村くんは説明してから、着席した。

「はい！」

また別の男の子が手を挙げた。がっちりした体つきの子だ。

「はい、キャストA係の遠藤くん」

実行委員の女の子が指した。

「キャストAは当日しかやることがないので、休みの間はあまり仕事をしていないんですが、とりあえず六人組を二つ作って、A班、B班としました。交替で『みこし』を揺らします」

と遠藤くんが言った。「キャスト」というのは、ディズニーランド内のスタッフが、舞台上の役という設定で働いていて、キャストと呼ばれていることを、このクラスでも真似している。

「熱くなり過ぎて、強く揺らさないでください。どっか外れちゃったとか、『みこし』に不調が出たときは、すぐにオレらに教えてください」

と木村くんが言うと、

「了解でーす」

と返事して、遠藤くんは着席した。

「はい！」

女の子が手を挙げる。おとなしくて、目立たない子だ。

「はい、舞台演出係の森下さん」

実行委員の子が指す。

「舞台演出係は、ティッシュの花や、輪つなぎを用意しています。看板などはこれから作ります」

と森下さんは言って、着席した。

「はい！」

また別の女の子が手を挙げた。ショートカットの、スポーティな子だ。

「はい、スケジュール係の吉野さん」

実行委員の子が指す。

「スケジュール係は、進行表を作りました。仮のものですが、配ります」

そう言って、吉野さんはコピー用紙を、それぞれの列の先頭の人に渡して、後ろまで回させた。

「はい！」

また別の女の子が手を挙げた。ふんわりした感じの、可愛い子だ。

「はい、キャストB係の塚田さん」

実行委員が指す。

「キャストB係も、当日しかやることがないので、休みの間には、あまり仕事をしていないんです。ただ、とりあえず、映像係に聞いてみたら、ビデオは『校内探検』というテーマで作るそうなので、私たちは『女子高生』のコスプレをすることにしました」

と塚田さんが言うと、

「『女子高生コスプレ』って、要はそのままってことじゃんか」

教室の後ろの方に座っている男の子が、ヤジった。

「そうなんですけど、もっと……。それぞれ違うリボンタイ結んで、スクールバッグ持って、別々の靴下はいて、本当に『女子高生コスプレ』みたいな感じにします」

と言うと、

「はーい。頑張ってくださいー」

男の子は納得した。

「当日は、受け付け用の机を用意します。お客さんに並んでもらって、四人ずつに分けて、案内します。小さい子が来ることも予想されるので、安全のことを考えて、四歳以下のお子様はお断りすることにします。それより年上の子でも、危なさそうだったら、手をつないで一緒に乗るとか、配慮します。キャストAの人たちは、あんまり揺らし過ぎないでください」

と塚田さんが続けると、

「了解でーす」

と遠藤くんが言った。

「はい！」

また別の女の子が手を挙げた。眼鏡をかけた、しっかり者の子だ。

「はい、映像係の内藤さん」

実行委員の子が指す。

「映像係は、ビデオを作りました。見てもらえますか？」

内藤さんがそう言うと、クラス中から拍手が湧いた。

それを聞きながら、内藤さんは前へ出ていって、黒板の前にスクリーンを下ろし、教室の後ろに映写機をセットすると、

「ご覧ください。どうぞ！」

と電源を入れた。

ビデオは、『となりのトトロ』のオルゴール音と共にはじまった。

まずは、校門が映し出される。

次に女の子が登場した。山本さんという、クラスの人気者の女の子だ。制服を着て、にっこり笑い、お辞儀をする。

山本さんが、腕まくりして、ガッツポーズをとると、その腕がアップになり、そこに油性ペンで「どきどき校内探検」というタイトルが書いてあった。

それから急に、走り出す。それをカメラが追う。昇降口で上履きに履き替え、階段をくるくる上がり、四階まで行く。

教室に入り、授業を聞いているような顔をする。

そのあと、理科室に行き、実験をする。それから、体育館へ行き、バスケットボールでドリブルしたり、校庭へ行き、ジョギングをして転んだり、そして最後はなぜか、山本さんは急に大人になり、会社員風のスーツを着て、会議室でプレゼンをしているようなシーンに変わり、山本さんの持っているパソコンの画面にカメラが寄ると、ディスプレイに「おわり」と書いてあるのだった。

そこで、ビデオは終了した。

「いいビデオ！」

「山本、女優だな！」

という声があがる。

「キャストAの方は、階段のところでガタガタ揺らしたり、転んだところでガクッと斜めにしたりしてください。アナウンス係の持田さんは、映像に合わせて、自由にアナウンスを入れてください」

と内藤さんはそう言って、着席した。

「はい!」

また別の女の子が手を挙げた。ふっくらした容姿の子だ。

「はい、アナウンス係の持田さん」

実行委員の子が指す。

「アナウンス係も当日しか、することがないんですけど、『みなさん、こんにちは。今からみなさんは女子高生です! さあ、登校の時間です!』というノリで喋ろうと思っています。何か『こういうことを喋ったら?』とかアドヴァイスがあったら、教えてください。よろしくお願いします」

そう持田さんは言って、着席した。

「はい!」

と紺野くんが手を挙げた。

「はい、音楽係の紺野くん」

実行委員の子が指す。

「あのー、音楽係は何をしたらいいんですか?」

紺野くんがとぼけた声で言ったので、クラスに笑いが起きた。

「『何を』って、あの……。他の係と、話し合っていないんですか?」

実行委員の子は困っている。

「ビデオに、もう『トトロ』の曲が入っていたよな？」

と他の男の子が言う。

「音楽係って、いらないんじゃない？」

と他の女の子が言う。

「もし、何もやっていないんだったら、それぞれ、他の係に交ぜてもらえばいいんじゃないのかな？　音楽係って、紺野くんと南田くんと岡本くんの三人でしょ？　大道具係とか、舞台演出係とかにならら、受け入れる余裕あると思うよ」

また別の女の子が意見を出した。

そこへ急に、

「あの！」

教室で出すような大きさではない空気に合わない大声を出して、岡本がガタンと椅子を引いて立ち上がった。

「え？　なんだよー、岡本。誰も岡本のこと、嫌がったりしねえよ。うちに来いよ。一緒にやろうよ。仲良くしようぜ」

木村くんがからかうように言った。

「僕は、音楽係を、やりたいです！」

岡本は、はっきりと喋った。あたしは自分の透明な手を握りしめた。

「おおー」

「よく言った」

「頑張れ」

とクラス中が囃し立てる。

「ちょっと！　静かにしてください。岡本くんの意見を聞きましょう」

実行委員の子が言った。

すると、みんなは静まり返った。あたしも耳を澄ました。

しかし岡本は、みんなが聞こうとすればするほど、顔が赤くなり、それ以上は話せなくなってしまったようだ。くちびるが乾くみたいで、なんども下くちびるを、口の中に引っ込ませている。

そこで、

「つまり、オレたちは夏休みに……」

と紺野くんが代わりに話そうとする。あたしはドキリとしたけれど、

「紺野、ここは岡本に言ってもらおうよ」

と清順が制した。ほっとした。

そう言われた岡本は、清順の顔を見た。

清順がゆっくりとうなずいて見せると、岡本はなぜだか安心感を覚えたようで、再び口を開いた。

「僕たちは、音楽係に決まったので、夏休みに、楽器の練習をしていました。南田くんがトランペット、紺野くんがベース、僕がギターです。お客さんの前で、曲を披露したいと思っています」

岡本がそう言い切ったので、清順と紺野くんが目を合わせて満足気に笑った。

「だけど、これは『2の5』がひとつになって作る出し物だよ？」

ある女の子が言う。

「他の係と話し合いをしていなかったなんて、どうしようもねえよ。ちゃんとコミュニケーションを取ってから、自分たちの仕事をやるべきだったよ」

ある男の子が言う。

「自分たちの立ち位置を把握しないで仕事をするなんて、ありえない」

別の女の子が言う。

「『学校は個性を披露する場所ではないんでーす』」

別の男の子が、清順のモノマネをして、そう言った。清順、大丈夫か？　不安になって、あたしが、紙の椅子から見上げると、

「二十分だけでもいいので、オレたちに演奏時間をもらえませんか？」

清順が立ち上がって、頭を下げた。

みんなはしばらく、静まり返っていたけれど、

「やらせてあげれば？」

と内藤さんが口火を切ってからは、

「文化祭って、そういうもんじゃねえだろう」

「誰でも、やりたいことをやっていいの？」

「だいたい、『スター・ツアーズ』のテーマに合わないんじゃねえの？」

「だけど、音楽係に話を聞きにいかなかった、私たちの方にも責任があるよ」

「なんにしても、『みんなに溶け込まない人たちのことは、ばらばらにして周りに交ぜればいい』っていう考えは、ちょっとどうかと思う」

「『音楽係』っていう係を考えたのはオレだしなあ」

「『何々すべきだった』とか、『べき論』を今更言ったってしょうがないじゃん。もう練習をしちゃってるんなら、それをどう活かすか、だよ」

様々な意見が飛び交った。

「わかりました。こうしましょう。今、楽器はありますか？」

実行委員の子が聞いた。

「えっと、僕はあります」

岡本が言った。

「あ、オレも持ってます」

清順が手を挙げた。

「音楽室から借りてくれれば、オレもベースを弾けます」

紺野くんがうなずいた。

「じゃ、ダッシュで用意してください。みんなで、音楽係が練習してきた曲を、聴きましょう。聴いてから、判断しましょう」

実行委員が言うと、

「了解でーす」

「いいんじゃない」

「聴きたい、聴きたい」

みんなは口ぐちに言った。

清順たちは急いで楽器を用意した。

紺野くんは音楽室へ行ってベースを借りてきて、岡本はロッカーからギターケースを持ってきた。

清順はトランペットケースから楽器を出すと、マウスピースを差し、チューニングをした。あたしは音叉《おんさ》を鳴らして、手伝ってあげた。

そして、清順の耳元で、

「あたしを楽器にして」

と囁いた。

「オレの楽器になってくれるの？」

と清順が囁き返す。

「なる。さあ！」

あたしが頼むと、

「わかった。お願い」

清順はトランペットの管の中に、あたしを転がした。

紺野くんが、

「一、二、三、四」

とカウントを取ると、夏休みに清順が三つの楽器編成用にアレンジして、三人で練習をしていたジャズ曲『IN　THE　MOOD』を演奏した。

あたしは、自分の体に清順の息を溶け込ませて、それを確認しながら、音を紡いだ。

教室に向かって、その波動を、放出した。

あ、あ、なんて気持ちがいいの。

好きな人の音が、他の人たちへ伝わっていくということは、本当に本当に嬉しいことだ。

ベースの見せ場、ギターソロ、それぞれのところであたしは、そっとスウィングした。


曲が終わると、予想以上の大拍手が起こった。

「うーわー」

「かっこいい」

「泣きそうになったよ、私」

などと、讃辞の声が溢れた。あたしは胸を撫で下ろした。

「じゃあ、例えば、午前中と午後に、一回ずつ、ジャズ演奏の時間を作るっていうのは、どう？」

ある男の子が言うと、

「賛成！　私たちの気持ちも盛り上がるし、やって欲しい」

ある女の子が言った。

「あとさ、待ち時間に、バックミュージックとして演奏してもらったら？」

また別の男の子が提案すると、

「できるよ。小さく弾けばいいんだよね？」

と紺野くんがうなずいた。

「だけど、トランペットの音はでかいからなあ」

清順が言うと、

「小さい音では吹けないの？」

と別の女の子が聞いた。

「小さく吹くのは、すごく難しいんだよ」

清順は答えた。

「そしたらさ、ベースとギターには、待ち時間のバックミュージックをやってもらって、トランペットにははじまりの合図を入れてもらったら？　『パンパカパーン』みたいな」

女の子が言って、

「あ、それならできるよ！」

と清順は嬉しそうにうなずいた。

「じゃ、それで決定にしましょう」

実行委員の子がいった。


清順は清々《すがすが》しい顔で、帰り道の自転車を漕いだ。あたしも嬉しかった。文化祭の中に、清順たちの居場所ができたのだ。秋のはじまりの夕方は、本当に透き通っている。あたしのオデコもスケルトンだ。

「ありがとうな」

清順があたしにお礼を言ってきた。

「なんなんだね、水くさい。今更、お礼を言い合うような仲ではないではないか」

あたしは芝居がかった口調で返した。

「みんなの前で演奏するのが、あんなに楽しいことだとは、知らなかったよ。ビー玉が、背中を押してくれたおかげなんだよ」

清順は言った。

「あたしも、裏拍《うらはく》を取ったよ」

「スウィングした？」

「スウィングした！」

「揺れた？」

「揺れた！」

そうこうするうちに、家に着いた。


剛が、夕ごはんを作って待っていた。

「うわー、いい匂い」

清順が鼻をひくつかせると、

「おかえり。秋だからな。今晩は、栗ごはんときのこのシチューだよ」

剛がエプロンで手を拭きながら振り返った。

「お姉ちゃんは？」

清順が聞くと、

「亜美はデートで、お母さんは残業だから、今日はお父さんと二人で夕ごはんだよ」

と剛は答える。

「ふうん」

「着替えてきな」

それで、清順は洗面所で手を洗ってから、二階へ行ってTシャツと短パンに着替え、また下りてきた。

「さて、食べるか」

「うん。いただきます」

清順が言うと、

「いただきます」

剛も手を合わせたので、

「いただきます」

とあたしも言った。コップにソーダを注いでもらえたので、あたしはその中へ飛び込んだ。シチューをすくいながら、思い出したように清順が、

「そういえば、お父さんって、働いてないの？」

と聞いた。

「こうやって、ごはんを作っているじゃないか？」

剛は、栗を口に入れながら答える。

「そしたら、主夫なの？」

清順が質問を続けると、

「いや」

と剛は首を振る。

「何？」

「もうひとつ、仕事をやっている」

「何をやってるの？」

「小説を書いているんだ」

「えー」

清順は驚いた。小説とは、なんだろう。今、あたしが書いているようなものか。

「家で仕事しているんだ」

「小説家なの？」

「そう」

「知らなかった。なんで今まで教えてくれなかったの？」

「聞かれなかったから」

「オレ、今まで、小学校の作文とか全部、『うちのお父さんは、ごはんを作っています』って書いてきたよ」

清順がふくれっ面をすると、

「それで合ってるよ」

剛はうなずく。

「小説を書いているんだったら、教えて欲しかったよ」

「今、知ったんだから、いいじゃないか」

それでも清順がむくれているので、

「お父さんの仕事は応援した方がいいよ」

とあたしはコップの縁へはい上がって、小声で指示した。

「……小説を書くのも、頑張って」

清順がもごもごと言うと、

「頑張るよ」

と剛は答えた。

「なんで、小説家になったの？」

清順はたずねる。自分の未来を考えはじめて、やっと剛の仕事に興味が湧いたのだ。

「昔は、会社員をしてたんだ」

「なんで辞めたの？」

「お母さんと出会って」

「結婚して？」

「結婚したから」

「主夫になったの？」

「いや、お母さんが、『あんたは、小説家に向いている』って、言ったんだ。『応援する』って。『しばらくは、私の給料で生活したらいいじゃない。助けるために、女は男と出会うのよ』って。『小説を書いて、出版社に持っていってみたらいいじゃない？』ってさ」

「そう言われて、決心ついたの？」

「お母さんのお母さんとか、お母さんのお父さんとかは反対していたね。僕が会社を辞めることに」

「それで？」

「だけど、お母さんは、『私たちの生き方は、私たちで相談して決めます』って言って」

「ふうん」

「それで、僕は、お母さんに頼ることに、決めたんだ。しばらくしたら、亜美が生まれてね。嬉しかったよ。お母さんは、産休だけ取って、そのあと復職してね」

「うん」

「楽しかったな。子どもっていうのは、思いもかけないことを、言ったりやったりするんだよ。毎日が新鮮になった。生きることが、より楽しくなったよ」

「それで？」

「亜美が三歳になったとき、やっと小説ができあがったんだ」

「へえ」

「それで、出版社に持ち込んだんだけど」

「本にしてくれた？」

「それが、難しかったんだ。断られてね。五社にお願いして、『いそがしいので、読んでいる暇がありません』って、みんなに門前払いされた」

「どうしたの？」

「六つ目の出版社で、土下座したんだよ。決して、仕事のやり方として勧められることじゃないけどね」

「ええ？」

「ははは。何をしたらいいのか、思いつかなかったんだよ。『とにかく、十枚で構いません。読んでください』って。『お願いします』ってフローリングに頭を付けたんだ」

「びっくりされなかった？」

「していたよ。『でも、そこまでするなら、読んでみましょう』って言ってくれて。目の前で読みはじめてくれたんだ。自分の書いた文章を出版社の人に読んでもらうというのは本当に大変なんだ。お母さんは、いつも読んで『面白い』って言ってくれていたから、僕には自信があったんだ。でも、お母さん以外の人に、初めの一行だけでも読んでもらうのは、本当に難しいことだった」

「うん」

「でも、その出版社の人は、読みはじめたら、そのまま最後まで読んでくれてね。長い小説だったんだけど、その場で、『これは、本にしましょう』って言ってくれたんだ」

「そうなんだ」

「今は、主夫と小説家と、二足のワラジを履いているよ」

「お父さんは、大学に行った？」

「それがね、行ってないんだよ。お金がなかったから」

「行きたかった？」

「まあ、人生は結果論だからね。なんだか、今となっては、行かなくてよかったな、という気がしているね。その分、『自分には学がない』と思い込んで、本をいっぱい読んできたから。とにかく今が幸せだからだね、後悔がないのは」

「じゃ、オレも行っても、仕方がないかな」

「いや、もし興味があるなら、行ったらどうかな？　うちにはお金があるし。まだ人生が見えてないんだったら、行った方がいいんじゃないかな？　友だちができたり、自由な時間があったり、知識が増えたり、そういうことはこの先の人生の力になるだろうし」

「そしたらせっかくだし、受験勉強は頑張るよ」

清順は栗ごはんをおかわりした。

「勉強、しているのか？」

剛は心配する。

「しているよ」

「毎日、楽器を吹いているみたいだけど」

「あれ、文化祭のために練習しているんだ」

「今しかできないことは、勉強だけじゃないもんなあ」

「ああ、担任の津田も言ってた。『大学に行きたいだけなら、高校に来んな！　通信教育やれ！』って」

「それも、通信教育をやっている人に失礼な話だけどね」

「そうだよね、津田は、学校ってものを美化し過ぎてるんだ」

「文化祭は、楽しみなのか？」

「うん」

「お父さんも、行ってもいいか？」

「ええー」

清順は渋った。

「行きたいな」

剛が繰り返すと、

「じゃ、いいよ。オレの演奏を、聴きにきなよ」

そう言って清順は、栗ごはんを四杯食べた。食べざかりなのだ。

翌日、登校したとき、

「おはよう」

と清順は、挨拶をしながら、教室に入った。

すると、

「おはよう」

クラスのみんなから、口ぐちに挨拶が返された。

人とすれ違う度に、

「おはよう、内藤さん」

「おはよう、南田くん」

と交わして、自分の席へ向かう。

席に着いてから、

「どうしてオレは、今まで、みんなに挨拶をすることを、思いつかなかったんだろう」

と清順は小声で言った。

「おはよう、清順」

あたしも言ってみた。

「おはよう、ビー玉」

清順は答えた。

そして、紙の机と、紙の椅子を、用意してくれたので、あたしはそれに座った。一日がはじまる。

本気で文化祭

清順は駅前のファーストフード店に週二でアルバイトに入っているのだが、今日を最後に、三週間のお休みをもらうことにした。文化祭までの時間を、トランペットの練習にあてたいからだ。

店長に相談したら、あっさりと受け入れられた。

「高校時代のイベントは大事だからなあ。頑張れよ」

と応援の言葉までくれた。

それで、清順は真面目にラストの仕事をこなしていたのだけど、心が文化祭へ向かってすでに移動していたのかもしれない。ミスをしてしまった。

テイクアウトのお客さんの紙袋に、チーズバーガーを入れ忘れたのだ。

人間だから、「入れ忘れ」はある。レシートにチェック項目が印刷されていて、それを見ながら、商品を紙袋に詰めていくから、ミスが起こらないようなシステムになってはいるのだが、それでもやはり人は入れ忘れてしまうのだ。

するとお客さんからクレームがくる。電話をもらうときもあるし、店で怒られるときもある。謝って、商品をお渡しするのだが、遠いところからの電話で「今から持ってきてください」と言われることもあった。そういう場合には、副店長とかマネージャーとか、とにかく上の方の人が、商品を「お届け」することになっていた。

清順のミスは、まず自分で気がついた。すると案の定、そのあとお客さんから電話がかかってきた。店長が話し合ってくれて、今度来店されたときにお渡しする、ということで決着がついた。お客さんは、そんなに怒っていなかった。

それでもやはり、清順は落ち込んで、しょんぼりしながら、灰皿を洗った。

しばらくすると、チクチューが側に来て、言いにくそうに、

「今日は『お届け』にならなかったけど、もし『お届け』になると、店をやる人が減って、下手するとキッチンがひとりになったりしちゃうときがあって、そんな風だから……。なんか、店のこと考えて入れ忘れしないで、っていうのも変な話だけど。お客さんの気持を考えて、っていうのが本当の話なんだけど。まあ、私も入れ忘れするかもしれないから、慎重に、としか言えないんだけど……。あの、でも誰でもあることだから、そんなに気にしないで、頑張って」

という、注意なのか、はげましなのかよくわからない話を、清順にした。

「はい。ごめんなさい」

清順が謝ると、

「ううん。私も、誰でも、ミスはみんなしてきたことだから」

とチクチューは首を振る。

「なんか、自信がなくなってきました」

清順がうなだれると、

「仕事って、『役割をちゃんとこなすこと』じゃなくて、『自分に何ができるかを考えること』だと、私は思うの」

チクチューが言った。

「どういうことですか？」

まだ十六歳の清順には、仕事という言葉自体、馴染《なじ》みの薄いものだ。

「えっと……。世の中には役割っていう考え方があるでしょ。それは、よいことだと思うの。だからこそ、社会が回ってるんだと思うのね。でも、神じゃなくって人間だから、役割を完璧《かんぺき》に果たせないのは当たり前で。だから、仕事をこなすっていうのは、本当の意味では、どういうことなのかなっていうのを……」

チクチューが言った。

「はい」

清順はよくわからないままにうなずいている。

「それで……」

チクチューは続けようとする。

清順が問うと、

「仕事の、本当の意味って、なんですか？」

「えっと……」

とチクチューは言い淀んでしまう。

「はい」

清順が耳を傾けると、

「あの、私も、よくわかんなくなっちゃった」

とチクチューは首をかしげた。


そのあと、少しだけいいことがあった。

清順と同い年ぐらいの、十六、七の女の子がカウンターにやってきて、

「指輪をゴミ箱に落としちゃったんです」

と清順に向かって言った。

この店はセルフサービスで、食事のあとはお客さんが各々自分で片付けて帰るシステムになっている。

女の子は、食べ終わったあと、トレーの上のものをざっとゴミ箱に押し込み、そのいきおいで指にはめていた指輪も一緒に、捨ててしまったらしい。

それを聞いて、清順は女の子に付いて階段を上がり、二階客席の中央にあるゴミ箱を開け、ビニール袋の中を漁《あさ》った。

すると、ハートのいっぱい付いた銀の指輪が出てきたので、

「これ？」

と女の子に見せた。

「そうです。ありがとうございます」

女の子は嬉しそうに受け取って、「ああ、よかった」という安堵《あんど》の表情を浮かべた。大事な指輪なのかもしれない。誰かからもらったものだろうか。

「ちょっと、汚れちゃってるけど」

と清順が言うと、

「洗うので大丈夫です。本当にありがとうございました」

と一礼して、トイレへ走っていく。洗うらしい。

にやけながら一階へ戻ると、マネージャーから、

「どこ行ってたの？　今、カウンターが急にすごく混んで、人がいなくて大変だったんだよ」

と怒られた。

「あの、すみません。ゴミ箱に指輪を落としちゃった子がいて……」

と清順が話すと、

「そういうときは、オレでもいいし、誰でもいいから、許可もらったあとに動いて」

と言われた。それで、清順は、さらに落ち込んだのだった。

しかし、マネージャーがいなくなってから、またチクチューがそっと側に寄ってきて、

「マネージャーは、いそがしくなると、いっつもつっけんどんになるんだよ。だから、気にしないで。怒られたんじゃないよ」

とフォローしてくれた。

「あ、はい」

清順が和むと、

「マネージャーは、ひまなときは、優しくしてくれるから」

「そうですか」

「あと、二時間、頑張ろう」

「はい」

「文化祭終わったら、また一緒に働こうね」

とチクチューは言った。


キッチンでは、グラタンバーガーを作り過ぎてしまったらしい。お客さんがカウンターへ来る度に、奥から、

「グラタンバーガーは、いかがですかー？」

と叫び声が聞こえる。


今日のチクチューの一番の名言は、「店は、キッチンとカウンターが協力して作り上げているものだから。キッチンの気持ちを常に考えられるようになったら、Ａクルーだよ」だ。

この店では、仕事がこなせるようになるごとに、胸の名札にシールが貼られる。そして、

「トレーニー」「Cクルー」「Bクルー」「Aクルー」「トレーナー」「スター」「スウィングマネージャー」などに昇格していく。今、清順は「Cクルー」、チクチューは「トレーナー」だ。

そしてバイトはお休みになり、清順は、十月の一ヶ月間を、勉強とトランペットに集中して過ごした。

十一月がやってきて、とうとう、文化祭当日である。

あたしは清順の胸ポケットの中に潜って、布越しに、クラスが盛り上がっているのを眺めていた。

二年五組の教室のドアには、「スター・ツアーズ」と書かれた看板が掲げられた。実際は、宇宙ではなく学校の疑似探検なので、「スター」の要素はまったくないのだから、「スクール・ツアーズ」とするのが正しいようにあたしなんかは思うのだけど、誰もそんなことには気がつかないみたいだった。というよりも、「ディズニーランドのようなものを、文化祭で作るオレたち」に酔っているのだろう。

清順は、「みこし」にお客さんが乗り込み、

「さあ、これから校内探検がはじまりますよ！」

とアナウンサーの子が言ったあと、パッパッパーと四小節ほどのメロディを吹く、ということを繰り返した。

しかし、このときではなくて、十一時と十五時にそれぞれ二十分ずつ行われるミニコンサートの時間で、清順の本当の活躍は見られるのだ。

「コンサートのときは、あたしが楽器に入るからね」

と清順に囁くと、

「ああ」

と心ここにあらずという感じで清順はうなずいた。

午後の回に、チクチューが聴きにくる予定なので、今からそわそわしているらしい。

「岡本」

と清順が、教室の隅で調弦をしている岡本に声をかけた。

「うん?」

岡本は膝立ちをして、上からE、A、D、G、B、E、と六本の弦を鳴らした。

「あのさ、楽しくやろうな」

清順が言うと、

「うん。やろう」

岡本がうなずく。

「チクチューさんと連絡、取ってる？」

清順が聞くと、

「昨日、メールくれた。『おしゃれして聴きにいくね』って」

岡本も、一段とおしゃれをしているように見える。髪を立てて、眉も整えてある。

「チクチューさんと、よくメールするの？」

清順がたずねると、

「ううん。三日置きくらいに」

岡本は答えた。

「三日置きって、すげえじゃん」

清順はうなる。

「でも、すごく短い遣り取りだよ。『おはようございます。仕事頑張ってください』に『そっちも勉強頑張ってね』とか。『今日、面白いテレビ見た』に『どんなのですか？』とか」

岡本がメールの内容を教えてくれる。

「ふうん」

「南田くんは？」

「オレもそんな感じ」

いや、清順は、チクチューとメールしたことなんて、ほとんどない。清順とチクチューの会話は、花火のとき以外は、仕事の話のみだ。


やがて、十一時になった。

「清順！」

後ろから声をかけられた。

「あ、お姉ちゃん。お父さんも」

清順はびくついた。剛と亜美が現れたのだ。あたしはポケットから少し顔を出した。見慣れた人物が学校にいると変な感じだ。

「聴きにきたよ」

と剛が微笑む。

「仕事はどうしたの？」

清順が聞くと、

「有休を取った」

と亜美が答えた。亜美はベージュのフレアスカートの上に、白いアンサンブルニットを着て、スタイルの良さを目立たせている。

「こんにちは、清順のお姉さん」

紺野くんが挨拶した。紺野くんの顔は少し赤くなっている。亜美のことを好きなのかもしれない。

「久しぶり、紺野くん」

亜美が答える。

「清順と仲良くしてくれてありがとう」

剛が言った。

「小説家さんなんですってね」

紺野くんが聞く。

「売れない本を作っているんだ」

剛が答えると、

「こないだ南田から聞いて、びっくりしました」

とだけ、紺野くんは言った。

「これから演奏するんでしょ？　私たち、聴かせてもらうからね」

亜美は腕組みをして、「お手並み拝見よ」という顔をした。

「もう」

清順はつぶやいた。何が「もう」なのか。

「緊張してるんでしょ？」

亜美がからかう。

「平常心だよ」

と清順が答えたのに、

「手に『人』って書いてあげる」

亜美は清順の左手を取って、手のひらに「人」という文字を三回書いた。

「ありがとう」

清順は、自分の手のひらを嘗めた。

このおまじないは、本当は「『人』という文字を、自分で自分の手のひらに三回書いて、それを嘗める真似をすると、緊張がほぐれる」という都市伝説によるものなはずなのに、この姉弟はどうも勘違いをしているらしく、亜美が文字を書いてあげて、清順は実際に手のひらを嘗める。

「変なの。シスコンだな」

あたしが揶揄したのを無視して、

「うん。大丈夫そう。吹けそう」

清順は、亜美に向かってガッツポーズをして見せた。亜美と剛は、教室の後ろの方へ下がった。

そして、清順と紺野くんと岡本は、楽器のチューニングをはじめた。

あたしは清順のトランペットの中に入れてもらった。管の先からつたい下りる。清順が、上からマウスピースをはめる。

暗くて、迷路のよう。

「おなかの中みたい」

とあたしがまばたきすると、

「胎内めぐりみたいな感じなのかな？」

と清順が言った。

「なあに？　それ」

「お寺なんかへ行くと、地下にお参りできるところがあるんだ。お堂の地下とか、洞窟とかが、仏のおなかに見立ててあって、参拝できるんだよ。オレも、そういうところへ行ったことがあるんだ。階段を下りていくと、真っ暗闇になって、何も見えない中を、ゆっくりゆっくり進むんだ。道がうねうね曲がっていて、自分がどこを歩いているのか、さっぱりわからなくなるんだけど、そのうちに急に光明《こうみょう》が見えるんだ。ぱっと明るくなって。その光に祈るんだ」

「あ、そう。あたしの今、そんな感じ。ゆっくりゆっくりトランペットを撫でながら、転がっているの」

「見えない？」

「何も」

「どんな感じ？」

「不安」

「ごめんね」

「でもね、音楽がはじまると、急に目の前が開けるの。いつもそうなの」

「ふうん」

「恍惚《こうこつ》となる」

「それは、気持ちいい感じ？」

「そう、そう。だから、音楽は好き。あたしを気持ちよくしてくれてありがとう」

「よし。じゃ、今回も気持ちよくさせてあげる」

と清順はトランペットを構えた。

「一、二、三、四」

紺野くんがカウントを取る。

タララ、ラッラッ、と曲がはじまった。あたしには、見える。クラスのみんなと、お客さんたちが、音楽に引きつけられるのが。

楽器の中には、清順の唾がだらだら流れ込んでくる。あたしはそれを浴びるのが、嬉しい。全身びしょびしょになる。

唾の中を泳いで、音の波に乗る。ふわあふわあ、と緊張と緩和が繰り返されて、神経がもまれる。気持ちが高揚していく。温度が上がって、あたしのガラスの体が溶け出して、液体になる。

トランペットの外に出る頃には、気化して、空気の精になってしまう。

もう、あたしの体の大きさなんて、関係ない。

あたしはいつの間にか、教室全体に溶け込んで、それから、さらなる飛躍を遂げた。窓から流れて、空まで昇って、地球を覆う。優しく、温かく、この星を包む。

地球全体が、ビー玉になる。

演奏が終わると、スタンディングオベーションが起きた。といっても、全員、最初から立っていたのだが。

ともかくも、大きな拍手が湧いた。

拍手というのは原始的。

一番最初に拍手をした原始人は、どんな人だったのだろう。

やっぱり、音楽に対して拍手したんじゃないかな。誰かの歌を聴いて、自分の高揚を伝えたくなったんじゃないかな。「私は感動しました」「オレはうきうきしました」。それを伝えるために、人間は手を叩く。

あたしも、自分の透明な手を合わせて、拍手した。

「ビー玉のおかげだよ」

清順は、あたしをコロンと取り出して、唾拭き布でキュキュッと拭いてから、また胸ポケットにしまった。

「違うよ。清順の音楽センスだよ。あたしはそれを後押ししただけなんだよ」

と言ったけど、清順は聞こえないふりをして、もう喋ってくれなかった。

昼休みは交替で取ることになっていて、紺野くんは十二時から十三時、清順と岡本は十三時から十四時が昼休みだった。

そこで、清順と岡本は二人で一緒に行動した。

「2の1」でやっていた射的ゲームで、清順は飴玉を、岡本は消しゴムを落とした。

そのあとに「1の12」でやっている喫茶店へ行って、サンドウィッチを食べた。机の上で、清順と岡本は、紙コップのオレンジジュースを飲みながら、玉子サンドとハムサンドを齧った。清順があたしを、机の中へ隠してくれた。さっきの飴玉の包みを剝《む》いて、あたしの横へ置いてくれた。あたしのランチ、ということだろう。

「南田くんの幼なじみの子は、今日、来ないの？　ビー玉さん、だっけ？」

岡本から聞かれて、

「来てるよ」

あっさりと清順は答えた。

「え、じゃ、さっきの演奏のときも、ビー玉さん、いた？」

「いたよ」

「え、僕は気がつかなかった。挨拶したかったのに」

「べつにしなくていいよ」

「えー」

「……じゃ、また今度、みんなで遊ぼうよ。誘うよ」

「うん」

清順のくれた飴玉は、ソーダ味で、あたしよりもひとまわり大きい。きれいな水色をしている。砂糖の四角い結晶がまぶしてある。

並んでみると、まるであたしのボーイフレンドだ。

あたしは考える。あたしの愛すべきは、清順のような人ではなくて、このようなものなんじゃないだろうか。身の程をわきまえるべきなんじゃないだろうか。清順みたいな、人間の男の子を好きになっても、あたしの未来はない。

「岡本って、本番に強いのな」

と清順が言った。

「そう？」

岡本はきょとんとする。

「さっき、堂々と弾いてたじゃん」

清順は褒める。

「そうだね。さっきは楽しかった」

岡本はうなずく。

「午後も楽しくやろうな」

「うん。でも……。三時の回は、チクチューさんが聴きにくるって。だから、ドキドキしてきた」

岡本の声が震え出した。

「ああ」

「南田くんも、緊張とか、するの？　南田くんも、チクチューさんのことが、好きなんだよね？」

「えーと……。うん」

清順はもごもごと肯定する。

「僕も頑張るよ」

「フェアにやろうな」

清順が手を出すと、

「うん」

岡本は元気にうなずいて、握手した。

午後も、「スター・ツアーズ」は盛況だった。

そしてすぐに、十五時になった。チクチューが教室へ入ってきた。

髪の毛はルーズなおだんごにまとめてあって、まぶたには青いアイシャドー、ファーの付いたベストを羽織り、ショートパンツから素足を伸ばして、ヒールの高いブーティーを履いている。

ほう、とみんながため息をついた。

チクチューは、ぺこっと軽く、清順と紺野くんと岡本に頭を下げただけで、すぐに教室の後ろの壁にもたれてしまった。挨拶する気はないようだ。

あたしが、また楽器に入ろうと思って、ポケットの縁まではい上がると、清順はあたしの頭を撫でて、押し戻した。

「ビー玉」

「何々?」

「今回は、楽器に入らなくって、いいよ」

「なんで?」

「オレの力だけで吹いてみる」

きっぱりと清順が言ったので、

「……わかった」

おとなしくあたしは引き下がった。

清順はあたしを、窓枠の上に置いて、楽器を構えた。

「一、二、三、四」

また紺野くんがカウントして、午後のライブがはじまった。

あたしなしでも、演奏は素敵だった。

それは構わないのだけど、気になったのは、岡本がかっこよ過ぎることだ。

愛のパワーだろうか？

岡本の指は、細やかに、楽器の上を、動き回る。岡本にしか出せない音色が響く。甘くて、繊細で、優しい。

最後に、全弦をパッと押さえてミュートをかけて、岡本は五秒くらい俯いていたけど、演奏が大成功だったことは本人もわかっていたみたいで、そのあと顔を上げて、にこっと笑った。

その笑顔はチクチューへ向けられていた。

見ると、チクチューも笑っていた。

二人は通じ合っている。

お客さんたちが拍手しようとしたとき、突然、清順が立ち上がってそれを制し、

「もう一曲あります」

と宣言すると、岡本の側へ寄って、耳打ちした。岡本は真っ赤になって、首を振る。清順はしつこく、勧める。岡本は「滅相もない」という風に、手を振る。清順は岡本のギターケースを勝手に開けて、譜面ファイルから、三枚の楽譜を取り出すと、一枚を岡本の譜面台にのせた。

もう一枚を紺野くんに渡し、残った一枚は自分の譜面台に広げる。

紺野くんは状況を飲み込んだらしく、

「いいよ、やろうぜ」

と岡本の肩を押した。

清順がうなずいて見せると、岡本は立ち上がり、

「最後の曲になりました。この曲は、僕が作詞作曲をした、思い入れの深いものです。ある女の子のことを考えながら作りました。聴いてください。タイトルは『僕はチクチュー

さんが好き』です」

とお辞儀をしてから、また椅子に座った。

ギターを構えて、スーッと息を吸い込んだのが合図のようで、紺野くんのベースが伴奏をはじめた。

清順のトランペットも、ところどころで入る。

ギターは基本的にコードを奏でるだけで、メロディは歌だ。

マイクはないから、肉声だ。

前髪上げたおでこが光る
夏の夕方
僕はまっすぐ見られなかったよ
浴衣の袖がさらさら揺れる
青い瞼　キラキラの爪
近づけそうにないよ

レストランで浮いている君の微笑み

秋の夜長
僕はたくさん注文するよ
働き者がくるくる動く
制服の胸の名札を盗み見
あだ名の由来がわかったよ

拍手が起こった。クラスのみんなも、お客さんたちも、岡本がチクチューに向けて歌ったことを察したようで、全員がチクチューの顔を見ている。

ポーカーフェイスが売りのチクチューも、このときばかりはさすがに顔がほころんでいた。

そして、とことこと岡本の近くへ寄っていき、

「私も、岡本くんのことが好き。私でよかったら、彼女にしてくれる？」

といつものハスキーな声で言った。

それを受けて、

「僕は初めて会ったときから、チクチューさんに夢中です。彼氏になりたいです」

岡本がギターを床に置いて立ち上がり、チクチューの手を取った。

「おおー！」

「おめでとう！」

「よかったね！」

歓声が湧いた。二人はみんなに取り囲まれた。

清順は、それを黙って見ていた。あたしは窓枠からぴょんと飛び降りて、自力で教室の床の上を転がって、清順の側へ行った。みんな、チクチューと岡本の方に関心が向いているので、あたしの奇行に気がつく者はいない。

あたしは清順の上履きにそっと寄り添った。それに気がついた清順は、あたしをつまみ上げ、

「オレのしたこと、どう思う？」

と聞いた。

「えらい」

あたしが言うと、清順は頬ずりしてから、胸ポケットへ入れた。

チクチューと岡本はみんなから囃された。

すると、驚くことに、岡本は、チクチューのくちびるに、チュッとキスをしたのだ。

「うわー！」

「きゃー！」

みんなは盛り上がった。教室内はカオスに。

チクチューは落ち着いたもので、岡本を見つめ返して、にっこり笑った。それは、「スマイル0円」の営業スマイルとは全然違う、心の底からの笑顔だった。

この事件は、すぐに先生たちの知るところとなった。

そしてすぐに「2の5」の出し物は強制終了させられた。教室は封鎖された。

クラスメイトたちは各々、他のクラスへ遊びに出かけて散っていき、あたしと清順は二人で散歩に出た。

そして岡本には一週間の停学処分がくだされた。

なんで処分されたんだろう。

もしかしたら「校内イベントでキスをしてはいけない」っていう、「目に見えない校則」があったのかもしれない。

ビー玉の墓

清順とあたしは、校庭をぶらぶらした。出店がたくさんある。

「じゃがバター、ないかな？」

ポケットからたずねると、

「ないねー。火、使ったら危ないもん。そういう料理は、どこも出してないよ」

と清順はクールに答えた。

「あ、あれは？」

あたしは透明な指を出して、ひとつの店を指した。

「駄菓子屋さんをやっているのかな？　バレー部が出しているみたいだね」

清順が、あたしの指した方向を見る。

「近寄って」

指図すると、

「わかった」

と従ってくれる。やはり、店頭にポテトチップが置いてあった。小さな赤い袋。それを持って、

「いくらですか？」

清順が聞くと、

「百円です」

とショートカットの女の子が答えた。

「買って、買ってよ」

あたしがねだると、

「いいよ。……これください」

清順はコインを渡した。

「ありがとうございます。これ、おまけです」

女の子はにっこりして、ポテトチップと一緒に、オレンジ色の飴玉をくれた。

「あ、どうも」

手のひらで受け取ると、それを握りしめて、清順は花壇の方へ歩いていった。レンガに腰掛ける。あたしも、隣りへ座った。パンと袋を開け、一枚をあたしの横に置いてくれる。だから、端からパリパリ食べた。

「誰にでも『相応《そうおう》』という感覚があるよねー」

自分の歯型を眺めながら、しんみり、そう言ってみた。

「そうかな？」

「あたしにお似合いなのは、その飴玉みたいな存在じゃない？」

あたしは清順の手の中のオレンジ色の飴玉を指さした。

「え？　オレはそうは思わないけど」

「だって、丸くって、小さくって、あたしの隣りに、ふさわしいじゃない」

あたしがそう言うと、

「オレはそうは思わない」

清順は繰り返した。

「……落ち込んでいる？」

あたしは聞いてみた。

「落ち込んでなんか、ないよ」

清順は、ヒザの上へ両手を置いて、空を仰いでいる。

「嘘だな。清順は、今、落ち込んでいるでしょ？　失恋したから、しょげているはずだ」

あたしは、嗜虐《しぎゃく》的になった。

「なんか……。失恋したって感じはしないんだよ」

清順は、意外にはっきりとした口調で言った。

「だって、清順は失恋経験が初めてだから、それがどういうものなのか、知らないんだよ」

「いや……。あれって、本当に恋だったのかなあ。好きっていうのと、違かったかもしれない。学校の外で、初めて仲良くなった女の子。しかも、親切にいろいろ教えてくれた。憧《あこが》れだったんじゃないかな」

「恋ではなかったというの？」

「うん」

「だとしても、ショックは受けているでしょ？」

「このショックって、どうもプライドが傷ついただけみたいだ」

「どういうこと？」

「オレは無意識に、岡本を見下していた。だから、岡本にチクチューさんを取られるなんて、思ってもみなかったんだ」

「うん」

「オレの方が断然、岡本よりも、男として上位にある、と考えてたんだ」

「だけど、チクチューさんには、オレよりも岡本の方が、ずっとずっとかっこよく見えていたんだ。自分が驕《おご》っていたことに、気がついた。恥ずかしいよ」

「そうだろうね」

「そうか」

「これ嘗めていい？」

そう言って、清順はオレンジ色の飴玉を口に放った。

「あ、それ、あたしのボーイフレンドなのに」

止めようとすると、

「違うだろ」

笑って、歯に当てててはカラコロと音を鳴らし、嘗めていく。

あたしは清順の袖をつたって、肩によじ登った。

「秋の空は、高いんだね」

青空が、宇宙の先までつながっていく。どこまでも見えた。

清順は途中で、飴を嚙み砕いた。

「オレ、自分の好きな人が誰なのか、やっとわかった」

清順はあたしを見た。

「誰？」

　あたしは見つめ返した。

「オレはビー玉が好きだ」

　そう言って、清順はくちびるをあたしに近づけた。

「待って」

「どうして？」

　手でふさいだ。

「本当に、あたしのことを、好き？」

「好き」

「あたしは丸いよ？」

「丸いところも、硬いところも、声も、転がり方も、ビー玉の全部が好きだよ」

「あたしも清順が好き」

「よかった。問題なし」

「だけど……。嫌な予感がする」

　肩からポーンと、あたしは土の上へ飛び降りた。

「予感なんて、信じるなよ」

清順はあたしを追いかけてくる。

「ねえ、ここを掘って」

あたしは花壇の中に入った。

「なんで？」

聞き返しながらも、清順はあたしの言うところを、棒で掘ってくれた。あたしはその中に飛び込んで、

「土をかぶせて」

と頼んだ。

「埋まったら、息ができなくなっちゃうよ」

清順は困った声になる。

「平気なの。土の中で眠って、ひと冬越えれば、あたしは花に変われるの。清順は、春になったら、もう一度ここに来て。『きれいな花だなあ』って、そおっと花びらを撫でて」

あたしは祈りのポーズをして、願った。

「そう思うの？」

呆れた顔をして、清順はあたしを見た。

「それだけであたしは幸せなの」

しかし清順はあたしをつまみ上げると、水道場で洗って、ポケットへしまい、いつものように家へ連れて帰った。

そして翌日からも、二人で、いつも通り、おとなしく登校した。

一週間後には、謹慎処分が明け、岡本が学校に現れた。

眉毛はぼさぼさ、髪は黒く染め直して、元の格好に戻っている。

「あれ？　おしゃれするのは、やめたの？」

紺野くんが聞くと、

「うん」

岡本はうなずいた。

「なんで？　先生に怒られた？」

紺野くんがたずねると、

「それもあるけど……。チクチューさんに『前の方がかっこよかった。男は下手なおしゃれなんかしない方がいいよ。実直さが魅力なんだ』って言われた」

岡本は答えた。

「なんなんだ。いきなり仲いいなー」

紺野くんがからかうと、

「うん」

岡本は照れる。

「デートとか、行った？」

「今度、ディズニーシーに行こうって、約束したところ」

清順はそれらの会話を、穏やかに笑いながら聞いていた。

文化祭が終わったので、清順はファーストフード店でのアルバイトを再開した。

カウンターに入っていると、お客さんが途絶えたときに、チクチューが側に来て、

「ごめんね」

と小さな声で、清順に伝えた。

なんと返したらいいのかが、すぐにはわからなかったのだろう。清順は一回深呼吸をして、それからチクチューに向き直って、

「はい」

と返事して、にっこりと笑って見せた。

するとチクチューも安心したみたいで、ふふ、と笑った。

「私は、南田くんのこと、大事な『働く仲間』だと思ってるから」

「オレもそう思うことにします」

「南田くんが言ってくれたことは、本当に嬉しかった。その気持ちに応《こた》えられなくて……」

チクチューはいつになく真面目な顔で喋る。

「平気なんです」

清順は首を振った。

そこへ、五歳くらいの男の子が、二階客席から、階段を下りてきた。カウンターの前で、

「ハンバーガーとチーズバーガーを、ひとつずつください！」

と大きな声で注文する。お母さんに頼まれたのだろうか。

「かしこまりました。ハンバーガーとチーズバーガーをおひとつずつ。以上でよろしいですか？」

清順がたずねると、

「はい！」

また大きな声で返事する。

そこで、清順は品物を渡し、お代を受け取った。

男の子は、嬉しそうに、ハンバーガーとチーズバーガーをトレーにのせて、階段を上っ

ていった。

しかし、すぐに、

「あ！」

という大きな声がした。

「なんだろう」

とチクチューが首をかしげる。

「ちょっと、オレ、見てきます」

清順はそう言い置いて、カウンターを出ると、階段へ向かった。

すると、さっきの男の子が、階段でつまずいて、ハンバーガーもチーズバーガーも床へ落っことしていた。

「うっ……」

男の子が泣きそうになったので、

「大丈夫だよ。お兄ちゃんが、すぐに代わりのハンバーガーとチーズバーガーをあげるからさ」

と清順がなだめた。

「本当に？」

男の子が清順を見上げる。

「うん。ケガはないよね？　痛くないよね？」

清順が聞くと、

「うん！」

男の子は涙を引っ込めた。

手をつないで、またカウンターの前へ戻り、

「チクチューさん、ハンバーガーとチーズバーガー、取り替えてもらえますか？」

清順は頼んだ。

「オーケー」

チクチューは、すぐに状況を察し、落としたものは捨てて、新しいハンバーガーとチーズバーガーを出した。

それを受け取ったあと、

「どうやって持つの？」

男の子が清順を見上げる。

「こうだよ。床と平行に持つんだよ」

清順は、いったんトレーを借りて、持ち方の見本を見せてあげた。

「わかった」

男の子はうなずいて、トレーを持ち直し、そろそろと階段を上がっていった。

しばらくして、清順が掃除をするために二階客席へ上がると、さっきの男の子が、お母さんと一緒に座って、チーズバーガーを齧っていた。

「ひとりで持ってこられたよ」

男の子が、清順を見つけて、そう叫ぶ。

「頑張ったね」

清順は笑った。


一時間後に、清順がまたカウンターで仕事をしていると、食べ終わった男の子とお母さんが、二階から下りてきた。

「ありがとう」

と男の子が、カウンターの中の清順に向かって、手を振る。

「はーい」

清順も振り返した。

「さよなら」

男の子は、お母さんに手を引かれながら、振り返って、「ありがとう」と「さよなら」を何度も繰り返しながら、帰っていった。


剛と清美は相変わらずだ。

ただ、ふたりぼっちになってしまった。

昼は、剛だけが家にいる。のびのびと小説が書けることになった。子ども部屋を改築し、書斎が持てた。しかし、寂しい。剛は、子どもたちのいた騒がしい頃をいつまでも忘れられなかった。

夜になると、清美が会社から帰ってくる。二人で剛の作った夕食を食べながら、子どもたちの思い出を語り合った。二人は死ぬまで、子どもたちについて喋り続けた。


文化祭から二週間経った夜のことだった。

四人でチゲ鍋を囲んでいるときに、

「お父さん」

あらたまった口調で呼びかけ、亜美がいったん、箸《はし》を置いた。

「なんだい？」

剛はジューシーな白菜を口に入れて、熱そうにしながら、返事をする。

「お父さんあのね、私、お父さんとお母さんに、会って欲しい人がいるの」

亜美が、いつになくはっきりとした声で、そう告げた。

「あ、彼のこと？」

清美が屈託なく聞く。亜美に恋人がいることは、家族全員が知っている。

「うん」

亜美はうなずく。

「じゃあ、今度、うちに呼んだら？」

相変わらず、白菜を食べながら、剛が言った。

「そうする。明日の日曜日、うちに連れてきていい？」

亜美が聞くと、

「もちろん、大歓迎だよ」

剛はにこにこうなずく。

「その人と私は、結婚することに決めたから」

意を決したように、亜美がひと息でそう言うと、

「そうするだろうなー、と思ってた」

と清美が肉を口へ運びながら、またも軽い相槌《あいづち》を打った。

「亜美が好きになった人だろ？　お父さんは亜美を信頼しているから、きっと応援するよ」

剛はにこにこする。

「ありがとう」

さすがの亜美も緊張していたようで、それが解けて、ふうっと息を吐いた。

「オレも紹介したい人、いる！」

清順がいきなり手を挙げた。

「え？　清順は結婚じゃないでしょ？」

清美が笑い、

「清順にもやっと、彼女できたの？」

亜美はからかった。しかし、

「オレ、やっぱり、大学へは行かないことにした」

清順がそう宣言した途端に、

「えー！」

三人は大声を出した。

「彼女ができたからって、なんで進学をあきらめることになるの？　何？　どうしたの？」

亜美が立ち上がって、清順の肩を揺する。

「好きな人にふさわしい自分になるために、大学進学ではない道を進むことに決めた」

きっぱり、清順は答えた。

「何を言ってんの？　大学には行け！　何かあったんなら、私が全責任を取るから！　問題は全部、私が解決してあげるから！」

さっきとは打って変わって、語気荒く清美が言う。

「お父さんは、どう思う？」

清順は、助けを求めるように剛の顔を見る。

「亜美は大人だ」

剛は落ち着いた声で答えた。

「なんで？　オレのことも信頼してよ。オレが好きになった人のことも信じてよ」

清順は訴えた。

「しかし、清順はまだ高校生だからなあ……」

剛が、困ったようにつぶやいたので、清順は、

「ごちそうさま！」

と言い捨てると、食器を片づけて、二階へ上がり、自分の部屋に閉じこもった。

ベッドの中で泣きじゃくるので、あたしはころころと頬を撫でて、涙をぬぐってやる。

やっぱり、あたしのことを家族に認めてもらうのは、難しいのだ。


翌日、亜美のフィアンセがやってきた。玄関に立っているところを、清順は見にいった。可もなく不可もなくといった顔立ちで、普通のスーツを着ている。亜美と同い年ぐらいだろうか？

清順は重度のシスコンで、亜美のことが大好きだから、面白くないだろうな、と顔を見上げると、案の定、値踏みするような目つきで、その男をにらんでいる。

フィアンセはその視線に耐えられないようで、俯いてしまった。

「こんにちはー。弟ですー」

無愛想な挨拶をしてから、清順はフィアンセを客間に通し、座布団を出した。

フィアンセは恐縮しながら、その上に正座する。清美と剛が前に座った。

「亜美さんと結婚させてください！」

　いきなり、フィアンセが頭を下げた。

「あ、聞いていますー」

　清美がさらりと返した。

「どうぞよろしくー」

　剛は深ぶかと頭を下げた。

「ちょっと待ったー！」

　清順が、空気に合わない大声を出し、手を挙げた。

「なんなの？　ばかじゃないの？　科白がおかしいでしょ？　今はお姉ちゃんが婚約者を親に紹介しているシーンだよ？　清順は、本当に、ばか！」

　亜美が怒った。

「オレも結婚するー！」

　清順は、亜美に向かって、そう言った。

「真似すんな！」

　亜美ははねつけた。

「真似じゃないし！」

「真似だよ。清順は昔っから、私のすることを、なんでもかんでも真似してきたんだから」

「じゃあ、真似だと思われてもいいよ。オレも好きな人を、紹介します」

「誰？」

亜美から聞かれて、

「じゃーん」

清順は、座布団をもう一枚敷き、胸ポケットからあたしを引っ張り出して、その上に座らせてくれた。

「まだ、この遊び続けてんの？」

亜美はさらに怒る。

「遊びじゃない。オレは真剣なんだ。オレの好きな人、ビー玉さんです」

清順は、みんなにあたしを紹介してくれた。あたしは立ち上がり、透明なスカートをつまんで、会釈した。

「私の大事なときに、どうしてそういうおふざけをするの？」

亜美はバーンとテーブルを叩いた。

「ふざけてないよ。お姉ちゃんは、前にも一度、ビー玉に会ったことがあるだろ？」

清順は、きちんと説明をすれば亜美にだけは信じてもらえる、と考えているようだ。

「いつよ？」

亜美が聞くので、

「花火大会の日に、お姉ちゃんに浴衣を貸してもらっただろ？」

「確かに、浴衣は貸したな」

「浴衣を着た子が『ビー玉です』って、名乗ってただろ？」

清順は亜美の両目に、自分の両目をじっと合わせて、伝われ、伝われ、と念じているようだ。

「そうだったけど……」

亜美は半信半疑の顔をする。

「何を言っているの？　亜美は清順のガールフレンドに会ったことがあるの？」

清美が聞くと、

亜美は答えた。

「うん。『清順の女友だち』とは会ったことがある。ビー玉っていうあだ名だったわ」

「だったら、清順もちゃんと、その女の子を連れてきなさい」

剛が、いつもとは違う、命令口調で言った。

「その子が、このビー玉なんだ」

清順は、あたしの肩を抱いて、亜美の目だけを見て、その科白を繰り返した。

亜美は座布団の上のあたしを、そっとつまみ上げて、

「ビー玉……さん？」

信じられない、という顔をしながらも、あたしに話しかけてくれる。

「はい。この前は、浴衣を貸してくれて、ありがとう」

あたしはにっこりした。

「ビー玉さん？」

もう一度、亜美があたしに呼びかける。どうやら、あたしの声は、聞こえなかったみたいだ。

「はい！」

さっきよりも大きな声で、あたしは返事した。

「まだ喋ってくれないけど……」

と亜美は清順の方を見た。

やっぱり、あたしの声は、亜美には届かないようだ。

「オレは、ビー玉が好きなんだ」

清順は亜美に言った。

「ありがとう」

あたしは言った。

「そのことについて、このビー玉さんと、話し合ったの？」

と亜美は質問してくれる。

「話し合い済みだよ。ビー玉も、オレのことが好きだ、って言ってるよ。だからオレは、この先の人生、ずっと、……ずーっと、このビー玉と一緒に過ごしていくんだ」

清順は胸を張って、そう言い切ってくれた。

「嬉しい……。でも……」

あたしは口をはさんだ。

「『でも』？　何？」

清順は、あたしの声に、耳を澄ましてくれる。

「あたし、戸籍がないの」

正直なところを打ち明けた。

「そんなの、どうとでもなるよ。ここにいるんだから。すでに存在している人間に、居場所がないなんてことは、絶対にないんだ」

清順ははげましてくれる。

「人間じゃない。あたし、年齢もないんだよ。十六歳って言ってたのは、嘘なんだ。無機物だから、年はなかったの」

「うん。でも、見た目、オレと同じくらいだよ。オレと同じ十六歳で、いいんじゃん？」

「好きです。つき合ってください」

あたしは思い切って告白してみた。

「はい」

清順は素直に返事する。

「つき合うの？　恋人同士になる？」

あたしは驚いた。

「なる。つき合う」

清順がうなずく。

「よろしく」

あたしが挨拶をすると、

「こちらこそ、どうぞよろしく」

清順は右手を出してきた。だから、あたしも右手を出して、二人で長く長く握手をした。

「亜美ちゃんには、素敵な家族がいるんだね」

とフィアンセが言った。

「全然だよ。もう滅茶苦茶じゃない」

と亜美は答えた。

「いい弟さんじゃないか？」

フィアンセが言う。

「どこが？　問題児だよ」

亜美はため息をついた。

「僕には、弟さんの言っていることが、なんとなく理解できるような気がする」

フィアンセが、ゆっくりと、そういう風に言葉を紡いだ。

「本当ですか？」

清順がフィアンセの方を向くと、

「うん。……よろしく、ビー玉さん」

フィアンセは、あたしに挨拶をしてくれた。そこであたしも溌剌と、

「よろしく！」

と返した。

「自分の息子が、ビー玉と結婚するとは、予想だにしなかったわ……」

清美は俯いて、お茶をひと口飲んだ。

「僕も。清順は勉強ができるし、しっかり者だから……。きっと、大学へ行って、会社に入って、いつか素敵なお嬢さんと結婚して、家庭を持って……、と人生を歩んでいくんだって考えてしまっていた。いつの間にか、僕は自分の息子に、定型の人生を当てはめようとしてしまっていたんだな。清順の人生は、清順のものなのに……」

剛はしみじみと、自己を省みるように、そう言った。

「期待に応えられなくて、ごめんなさい」

清順が謝ると、

「いや、いや。お父さんたちは、清順が清順らしく生きていくこと、ただそれだけが、喜びになるんだ」

と剛が首を振った。

「清順」

あたしは清順に呼びかけた。

「何？」

清順は聞いてくれる。

「家族に紹介してもらえて、嬉しい。あたしのことを、大事な人たちに見せびらかしてくれて、とても嬉しい。あたしは、清順の隣りで、生きていきたい」

あたしは言った。

「オレも、ビー玉の隣りで、生きていきたい」

清順は繰り返す。

「大好き」

あたしが言うと、

「大好き」

と清順は真似した。

「キスしてくれる？」

頼むと、

「わかった」

と清順は、あたしの透明な口に、自分のくちびるを近づけて、そおっと触れてくれた。

口づけを交わした途端に、奇跡は起こった。

清順が突然、丸くて小さな存在に変貌《へんぼう》を遂げたのだ。

清順はビー玉に変身した。

「オレもビー玉！」

と清順が宣言した。

ころろんころろんと二人で、座布団の上を転がった。

清順もビー玉になったということを、亜美は認識して、理解の涙を流した。

そして、あたしたち二粒を手のひらにのせて、

「なかなか信じることができなかった。悪かったね。二人、とうとう、同じ世界に行ったんだね」

と清順とあたしを交互に撫でた。

「お姉ちゃんの新居の本棚に、オレのマグカップを置いてよ。そのマグカップの中に、ビ

ー玉とオレを入れてよ。二つ、転がしてよ」

清順がそう頼むと、

「私たちが結婚をしたら、清順とビー玉を一緒に連れていく。マグカップも持っていくわ」

亜美が言った。

「弟さんとビー玉さんも一緒だなんて、心強いな。亜美ちゃん、僕と一緒に、楽しい家庭を築こう」

フィアンセが、亜美の両手を包んで、ぎゅうっと握りしめた。

「あなたの、そういう、懐の深いところが、何より好きなのよ」

亜美は笑って、うなずいた。

「幸せになりなさいね」

清美が言った。

「困ったことがあったら、いつだって相談しにおいで。これからも、お父さんが、亜美のお父さんであることに、変わりはないんだからね。帰ってきたら、ごはんを作るからね」

剛は涙ぐんだ。

そうして、清順とあたしは、亜美の新しい家へ、引っ越した。

マグカップの中で、仲よくしている。

亜美は毎朝、マグカップを覗き込んで、挨拶してくれる。

「おはよう」

清順とあたしは口ぐちに、

「おはよう」

「おはよう」

と返す。亜美の耳へ届いているのかどうかは、疑わしいけれど……。

昼間は、亜美も、亜美の夫も、仕事で出かけて、家を空ける。だから、家の中が、清順とあたしの二人だけの世界になる。

あたしたちは、床の上をころころと転がって、睦《むつ》み合った。

ビー玉になった清順は、薄い紺色をしている。よく見ると、銀河のような帯がひとすじ入っていて、その周りに、気泡が点々と浮かんでいる。清順は、宇宙色。

清順とあたしは、同じ大きさで、同じくらい丸い。

転がって、ぶつかって、弾き合う。
それから、また寄りそう。
ビー玉同士、永遠に一緒にいよう。
清順とあたしは、いつまでもいつまでも、仲よく暮らした。

解説

加藤千恵

ナオコーラさんの小説のタイトルが大好きだ。ものすごくセンスがいいと思う。吸引力がある。

たとえば担当編集者との打ち合わせや、雑誌の取材。タイトルの話題が出るたびに、わたしは、山崎ナオコーラさんのようなタイトルが好きなんです、と言う。するとかなりの確率で相手もまた、いいですよね、と返してくれ、しばらく彼女のタイトルを挙げ合ってはほめ合う流れになる。

本書も例外ではなかった。『あたしはビー玉』というタイトルに、強く惹《ひ》かれた。ワクワクしながらページを開き、冒頭の一行に目を落としたとき、思わず手が止まった。

比喩《ひゆ》じゃない！

この話の主人公が、本当に「ビー玉」であることに気づいて、衝撃を受けた。タイトルで気づくべきだったのかもしれない。だってハッキリと言っているんだから。

あたし（の心）はビー玉（みたいに何かを映し出す）、あたし（の思い）はビー玉（のように転がりつづける）、そんなふうに脳内で補足し想像していたのは、完全にこちらの勝手なのだけれど、意外性は拭《ぬぐ》えなかった。

正直に言うと、ごくわずかながら、ためらいのようなものも生まれた。ビー玉が主人公という設定はファンタジーだと思ったし、ファンタジー小説と言われるような作品には、今まであまり馴染《なじ》みがなかったから。

けれどわずかなためらいは、ページを繰るうちに、どこかに置き去りになった。どんどんはまりこんでいき、ためらいなんて入り込む余地はなかった。

ビー玉は最後まで名前を持たない。あくまで「あたしはビー玉」と名乗りつづける。夏目漱石の代表作である『吾輩は猫である』を思い出した。さまざまなものを客観的に見ては分析する「猫」のような部分が、確かにビー玉にもある。

ビー玉は持ち主である清順が好きだ。彼が好きだという気持ちを原動力に、話せるようになったのだ。清順が十六歳だと聞いて、「じゃあ、あたしも！」と声を弾ませる。

ビー玉が話せるようになるほどの好意なんて、想像しただけでとてつもなさにひるんでしまうけれど、驚くことに、それはまったく盲信的ではない。学校で友だちがいない、なぜなら自分に飽きて離れていってしまう、と話す清順に、ビー玉は遠慮することなく言葉を投げかける。

「飽きられたんじゃないんじゃない？　清順が薄情だから、離れられちゃうんじゃないの？　自分が好かれるかどうかばっかり気にしてて、友だちのことをちゃんと好きになってないんじゃないの？」

ビー玉の言葉に清順は怒った風になり、読者であるこちらは、息を詰めてしまう。さらにビー玉は叫ぶ。

「あたしが清順を好きなのは、雑学王だからじゃないよ。どんなに意地悪キャラでも、人非人でも、冷酷人間でも、清順のこと、大事だ！　なぜなら、清順があたしのことを、宝物だ、って思ってくれてるって、感じてるから」

まっすぐなセリフだと思った。ビー玉は、自分を光に透かして見るように清順に何度か言うけれど、ビー玉を光に透かして見たときの、高揚感をおぼえるような美しさが、セリフにもある。

正しいというのとは違う。ビー玉はいつも正しいわけではない。嫉妬《しっと》もするし、ひいきもするし、臆病《おくびょう》な部分も持っている。それでも清順と向き合おうとする。相手のことが好きだから、相手と向き合う。シンプルでいて、感情が邪魔をする難しい行為を、ビー玉はたやすく実行する。

ビー玉の視点から見るうち、清順の学校生活や、バイト先での光景、そして清順と関わっていく人たちに、自然と興味が生まれてくる。最初に予感したファンタジーさはかけらもない。今この瞬間にも、日本のどこかで起きていそうな出来事。どこかで思っていそうな感情。

作中、ビー玉は自分がビー玉であることによって苦しんだり、悩んだり、逆に清順の力になったりする。だからこの小説は、（一般名詞としての）ビー玉という存在なしには成り立たないもののはずなのだけれど、読み進むうちに、ビー玉であることなんて意識しなくなるというアンビバレンスが生まれた。

ただ純粋に、ビー玉を好きになった。彼女の思いが報われますように、彼女が幸せになりますように、と願いながら読んだ。時おりビー玉や清順に、自分の経験や思いを重ねたりしながら。ビー玉や清順の言葉に、胸を突かれたりしながら。

印象的な場面はいくつも挙げられるけれど、特に後半、文化祭での出し物を終えた部分だ。清順とビー玉は、出店を目的に、校庭をぶらぶらする。ポテトチップを買ってもらったビー玉は、レンガに腰かけながら、清順と話す。

そしてある「予感」を抱いたビー玉は、清順に一つのお願いをする。実を言うと、これが、わたしがもっともドキドキしたシーンでもある。切実なお願いの内容に。清順がそれを受け入れてみせるのかどうかに。

本文より先に、この解説ページを読んでしまっている読者の方がいらっしゃるといけないので、該当箇所はあえて引用しない。実際に確かめて、ぜひドキドキしていただきたい。

それにしても、なんて実験的で、それでいてストレートな物語なんだろう。かっこいい。読み終えたときにはもはや、ファンタジーかそうでないか、なんて最初に気にしていたことがどうでもよくなっている。本作の持つ圧倒的な力に比べれば、カテゴリ分けなんて実に些末《さまつ》で、無意味なものに思えてくる。

ナオコーラさんの小説のタイトルが大好きだと最初に述べた。本当だ。そして何より、ナオコーラさんの小説が大好きだ。

――作家

この作品は二〇〇九年十二月小社より刊行されたものです。
JASRAC出1307284-301

あたしはビー玉《だま》

山崎《やまざき》ナオコーラ

平成25年8月1日　初版発行

発行人——石原正康
編集人——永島賞二
発行所——株式会社幻冬舎
〒151-0051東京都渋谷区千駄ヶ谷4-9-7
電話　03(5411)6222(営業)
　　　03(5411)6211(編集)
　振替00120-8-767643
印刷・製本—中央精版印刷株式会社
装丁者——高橋雅之

幻冬舎文庫

ISBN978-4-344-42074-8　C0193　　や-27-1

幻冬舎ホームページアドレス　http://www.gentosha.co.jp/
この本に関するご意見・ご感想をメールでお寄せいただく場合は、
comment@gentosha.co.jpまで。